이름들

들 시 리 즈 ─ 02

이름들

나를 둘러싼 존재들과

그에 얽힌 이야기들

꿈꾸는인생

박훌륭

지음

나를 둘러싼
이름들을 불러 본다

인문학자 김경집의 책 『명사의 초대』의 부제는 '이름을 불러 삶을 묻는다'이다. 여기서 '이름'은 사실 명사를 뜻하는 것이지만 모든 명사는 이름이기도 하다. 그는 '인간의 역사는 명사의 역사'라고도 이야기한다. 이에 동의하는 것이 실제로 우리는 수많은 이름들에 둘러싸여 이름과 섞여서 살아간다.

주위를 둘러보면 대부분의 것들이 약속에 의해 정해진

이름을 가지고 있다. 그게 사물이든 사람이든 상황이든 간에 그렇다. 이름이 없다면, 우리가 경험하고 느끼는 것들을 우리는 명확하게 정의하기 어려울 것이다. 결국 우리의 삶은 여러 이름들로 이야기되는 것이다. 그런 의미에서 이름을 불러 삶을 묻는다는 김경집의 말은 사뭇 되새길 만하다.

박홀륭. 참 특별한 이름이다. 나를 둘러싼 '이름'들이 많지만 '박홀륭'은 그 대장이고, 그래서 나는 이 이름에 걸맞게 살고자 노력했다. 생각해 보면 이름은 우리가 인식하는 것보다 더 많이 우리에게 영향을 미친다. 그 '존재'를 나타내는 것이기 때문이다. 내가 내 이름을 의식하며 사는 것도 그렇고, '꿈꾸는인생' 출판사가 작가와 독자 모두에게 인생은 꿈꿀 만하다고 이야기하는 책을 만들기 위해 노력하는 것도 그런 의미일 것이다.

이 책에 쓰인 것들은 누군가에겐 '너무 TMI 아니야?'라고 느껴질 수 있는 이야기들이다. 에세이를 쓰며 고민하게 되는 것은 '누군가에게는 전혀 쓸데없는 이야기를 하고 있는 게 아닌가'와 '너무 이래라저래라 하는 것 아닌가'

인데, 적당한 지점을 찾는 게 쉽지 않다. 그래도 이름에 관한 이야기는 앞서 말한 두 가지 고민 모두에서 중간 지점이 될 수 있지 않을까 생각한다. 아주 약간 '쓸데없는 이야기'로 치우칠 수는 있겠지만 세상 누구도 '이름들'에게서 벗어난 사람은 없으니까 하는 마음으로 넘어간다.

지금 이 책을 집어 들고 프롤로그를 읽고 있는 '고객님'도 고개를 주억거리며 자신을 둘러싼 여러 이름들을 떠올렸으면 좋겠다. 나아가 그런 이름들과 함께 살아온 시간을 글로 써 본다면 더 좋겠다. 그리고 꿈꾸는인생 출판사에 투고를… 아니지, 여하튼 여러 이름들을 떠올리고 정리를 해 보는 것만으로도 내 인생이 정리되는 기분이 들 것이다. 더불어 내게 소중한 것들이 좀 더 명확해질 것이다. 한 가지 제안하는 건, 내게 불필요한 이름들은 과감히 지워 버리자는 거다. 인생은 소중한 이름들을 챙기기에도 짧다.

글을 쓴다는 것, 그리고 그것을 책으로 낸다는 건 큰 책임감을 가지고 행해야 하는 일이다. 그와 더불어 그 책임감을 온전히 느끼려면 '내가' 원하는 내용을 써야 한다고 생각한다. 전국에 하나뿐인 약국 내 책방을 운영하면서,

만약 내가 '첫 책'을 쓰게 된다면 책방에 관한 책은 아니기를 바랐다. 독특한 책방의 주인이라고 해서 책방에 관한 책을 먼저 내는 건 왠지 모르지만 오글거린다. 그래서 내게 '소중한 이름들'에 대해서 글로 쓸 수 있는 기회를 주신 꿈꾸는인생 '홍지애' 대표님께 감사드린다.

그리고 책을 쓰는 계기가 된 멋진 이름을 갖게 해 주신 존경하는 부모님, 책 쓰는 내내 조언을 아끼지 않은 고마운 아내, 세상에서 가장 사랑하는 딸 '금동이'에게 모든 부와 명예를 돌린다(얻게 된다면). 마지막으로 자발적이든 타발적이든 이 책의 '독자'라는 이름을 가지게 된 여러분께 감사드린다. 사… 사… 사 주세요.

2021년 봄

박훌륭

| 목차 |

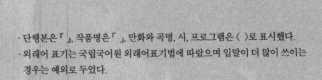

· 단행본은 『 』, 작품명은 「 」, 만화와 곡명, 시, 프로그램은 〈 〉로 표시했다.
· 외래어 표기는 국립국어원 외래어표기법에 따랐으며 입말이 더 많이 쓰이는
  경우는 예외로 두었다.

듣고 말하고 생각하고 만지는
모든 것에 이름이 있다.
행복하고 아리고 즐겁고 무덤덤한
삶의 모든 순간에 이름이 있다.

그러고 보면 지금의 나를 만든 것은
무수한 이름들이다.

이 름
_____

_____

_____

_____

'행간의 의미'를 파악하라는 말을 곳곳에서 접한다. 이는
어떤 글이나 말을 문자 그대로 받아들이기보다 문맥 안에
서 그 의도를 파악하라는 뜻이다. 이해가 될 법한 이야기
인데 현실세계에서 적용하기가 쉽지 않다.

　"내가 양말 뒤집지 말라고 했잖아!"

　"언제 그랬어? 똑바로 넣어 놓으라고 했지!"

　"하, 넌 꼭 '뒤.집.지.마'라고 해야 알아듣니?"

어려운 일이다.

화자의 의도, 숨겨진 진짜 의미를 제대로 알아채지 못하면 뜻하지 않은 오해를 살 수도 있고, 갈등을 빚기도 한다. 그래서 말이라는 게 잘하고, 잘 들어야 한다.

그런데 '이름'에는 이런 행간의 의미란 게 거의 적용되지 않는다. 특히 사람 이름은 더더욱 그렇다. '철수'와 '영희'는 모든 상황과 문장에서 '철수'와 '영희'이다. 그 이름이 지칭하는 것은 분명하다. 헷갈릴 수가 없다. 하지만 어떤 경우에는, 하나의 이름이 이름의 주인을 의미함과 동시에 또 다른 의미를 이끌어 내기도 한다. 이건 순전히 '이름' 때문이다.

내 이름은 박훌륭, 거꾸로 하면 륭훌박. 이름이 '이효리'가 아니어서 거꾸로 하면 읽기는 힘든데, 누가 봐도 '훌륭하게 자라라'는 부모님의 바람이 반영된 이름이라는 것을 알 수 있다. 나는 이 이름 덕분에 그다지 '눈에 띄는' 나쁜 짓은 하지 않고 학창 시절을 보냈으며, 이성이란 게 자리 잡기 시작하면서는 이름에 걸맞은 자질을 갖추려고 노력했다. 물론 자기 이름을 닮는 삶을 거부하면 그만이지만, 나는 이름답게 살려고 했다.

이름을 따라 살든 아니든 이름이 주는 힘은 꽤 크다. 자주 인용되어 널리 알려진 김춘수 시인의 시, 〈꽃〉에 적확한 문장이 있다.

"내가 그의 이름을 불러주기 전에는 그는 다만 하나의 몸짓에 지나지 않았다."

잘 생각해 보면 '내 이름'이란, 내가 인식하기 전에 타인이 먼저 인식하고 불러 주는 것이다. 그리고 여러 사람의 목소리를 통해 그 이름은 '나'로 그려지고, '나'라는 존재로 인정된다. 그래서 이름은 중요하고 힘이 있다.

살면서 특별한 이름을 여럿 만났다. 어릴 때 같은 동네에 "김으뜸"이 있었고, 초등학생 때 다니던 속셈 학원에는 "박성실" 원장 선생님이 계셨다. 이들은 최고가 되지는 않았더라도 최선을 다하며 살지 않았을까? 이름에는 '나'를 끌어 주는 특별한 힘이 있으니 말이다. 누구나 나를 '으뜸'과 '성실'로 부르면, 똑같이는 아니라도 비슷하게 살게 된다는 것이 내 이름론이다(대출 아님).

물론 이 같은 특별한 이름에는 단점도 있다. 바로 그 이름의 무게를 견디며 살아야 한다는 것이다. 삶이 퍽퍽한데 이름까지 어깨에 올라타 있으니 당황스럽기도 하다. 하지만 이렇게 생각해 보기로 한다. 운동할 때 차는 모래

주머니처럼 이름의 무게는 나를 더 건강하고 올바르게 살도록 도와줄 것이라고. 아주 이상적인 이름론이다.

얼마 전에 즐겨 듣는 라디오 프로그램에서 '이름 특집'을 했다. 거기에 소개된 사연들 중에 이름은 평범한데 이름 때문에 지어진 별명이 웃긴 이름이 있었다. 이름 '박대규', 별명 '헬리코박대규'. 헬리코박터균과 라임이 척척 맞는 무척 센스 있는 별명이지 않은가(나만 웃긴가).

아무튼 지금 이 순간에도 이름의 무게를 견디며 살아가는 이가 있다면 힘내자고 말하고 싶다. 라디오에서 '이름 특집'을 하면 거의 100% 뽑힐지니, 한번 견뎌 봅시다. 라디오에서 생활 용품 조달한 1인 올림.

특이하고

특별하다

독특한 이름에 거부감이 없는 편이다. 내 이름이 특이하고 특별(특특)해서인지도 모른다. '서울특별시' 같은 느낌인데, 특별한 건 좋다고 생각한다. 누군가와 만났을 때 제일 먼저 주고받는 게 이름이라, 특별한 이름의 경우 별다른 노력을 하지 않아도 상대방의 뇌리에 각인될 가능성이 높다. 바로 이 점 때문에 특별한 걸 '튀는 것'으로 느끼고 꺼리는 사람도 있겠지만, 생각보다 사람들은 타인에게 별

관심이 없으니 너무 걱정하지 않아도 된다. 겪은 바로는 사람들이 독특한 이름에 놀라도 그건 그 순간뿐이다. 상대에게 더 오래 남는 건 전체적인 이미지다. 따라서 내가 당장 신경을 써야 하는 건 이름보다는 첫인상과 관련된 매너나 말투 등이다. 특히 예의바른 행동은 독특한 이름과 플러스가 되어 좋은 이미지를 남길 수 있다.

그런데 사실 전체적인 이미지라는 게 첫인상만으로 결정되는 건 아니다. 첫인상은 바뀔 수 있고, 무엇보다 한 사람에 대한 이미지는 시간을 한층 한층 쌓으며 서서히 만들어지는 거라서 한두 번의 경험으로 쉽게 형성되지 않는다. 그에 반해 이름은, 법적으로 진지하게 고려하지 않는 이상 바꾸기가 어렵고 한두 번만 만나도 기억 속에 박히기 때문에 무게감이 상당하다. 그러니 사람들이 아무리 '이름 자체'에 크게 관심을 두지 않는다고 해도 (특별한 이름을 가진) 본인이 느끼는 건 그게 아닌 거다. 결국 내가 지은 것도 아니고 거부권 없이 받은 이름인데 이런 무거움을 평생 이고 지고 가는 건 불합리하다고 생각할 수 있다. 최근에 그런 생각이 많아진 걸까. 이름을 바꾸려는 사람이 예전보다 많아졌다. 어쩌면 당연한 현상이라고 생각한다. 부모가 준 이름이 아니라 본인이 지은 이름을 가지면

권리와 책임을 다 하는 온전한 내가 된 기분을 느낄 것도
같다.

내 이름은 한자로 '焱隆'이라고 쓴다. '홀'은 원래 불 '화'
자가 3개 들어가는데, 검색하면 '焱'밖에 나오지 않는다.
웬만한 사람은 모를 수밖에 없다는 뜻이다. 일상생활에서
보기 힘든 한자이고, 순 한글에 한자를 맞춰서 그런 것으
로 알고 있다.

내가 다닌 고등학교는 출석부에 이름이 죄다 한자로 적
혀 있어서 선생님들이 한자가 무엇인지 알아내서 불러야
했다. 지금 생각하면 참 재밌는 이벤트다. 1학년 아이들과
의 첫 만남에 한자를 읽어야 하는 선생님들의 마음은 어
땠을까? 선생님들은 내 이름을 읽는 데 자주 난색을 표했
다. 국어 선생님마저 "이건 어떻게 읽는 거냐?" 물어보셨
을 때, 내 이름이 정말 '특특'하다는 걸 새삼 깨달았다.

그런데 이 어려운 이름을 한 번에 읽은 선생님이 있다.
"이 한자는 '홀륭'이라고 읽는 건가? 박홀륭?" 더욱 놀라
웠던 건, 그분은 체육 선생님이었기 때문이다! 사주팔자
를 공부하신 분이었고(아마 동양 철학이나 사상을 전공하셨을
것 같다), 그래서 알고 있는 비슷한 모양의 한자에서 유추

하신 게 아닐까 싶다. 어쨌든 놀라운 일이었다. 잠시 그분 이야기를 하자면, 운동 이것저것 할 필요 없고 고등학교에 다니는 동안 하나만 꾸준히 해서 졸업 후에 취미로 할 수 있도록 해야 한다고 말씀하신 멋진 분이었다. 그래서 고등학교 내내 테니스를 배웠는데 아쉽게도 내 취미가 되지는 못했다. 일주일에 한 번 있는 체육 시간에 배운 것이 취미로 이어지기는 쉽지 않았다. 하지만 친구들 중에는 취미로 테니스를 치게 된 이들이 있으니 분명히 선생님의 교육관은 통했다.

다시 이름 이야기로 돌아와서, 내 경우 지금껏 성이 '안'씨였으면 큰일 날 뻔했다는 말을 들은 것 말고는 이름에 대한 별다른 애로사항은 없었다. 나름대로 '특별한 이름에 맞게 살기 위해 노력해서'라고 생각하지만 그냥 주변인들이 내가 정색하는 것을 보고 별다른 말을 안 건넨 것일 수도 있다. 그걸 뒷받침하는 예로, 학창 시절에 이름에서 파생된 다양하고 특이한 별명(구룡이, 바쿨룽, 빠큐 등)으로 많이 불렸는데, 그때마다 나는 정색을 했다. 이름대로 열심히 살고 있는데 왜 저런 장난을 치는 건지 친구들의 행동이 도무지 이해가 되지 않았다. 당시는 내가 정말 '궁서체'를 구사하던 때였다. 소위 말하는 'FM'이라고나 할까? 어린 마음에 이름이 주는 특별함을 침범하는 무언가에 상당한 반발이 일었던 기억이 난다. 아무래도 어렸으니까… 그랬다기엔 지금도 그렇다.

지금까지 말한 것, 그러니까 특별한 이름에 대한 내 생각과 상당히 다른 이야기일 수 있는데 아이의 이름을 지을 때는 특별하고 특이하게 짓지 않으려고 했다. 내가 자라던 때와는 많은 것이 달라져서 신경 쓸 것이 더 많아졌기 때문이다. 세상은 과거와 비교할 수 없을 만큼 더 편리해졌는데 왜 신경 쓸 것이 더 많아졌는지는 모르겠다. 여하튼 나는 아이가 예쁘고 귀엽다고 해서 지나치게 예쁘고 귀여운 이름을 짓는 건 자제하려고 노력했다. 사람 생각은 비슷해서 내가 예쁘고 멋지다고 생각하는 이름은 다른 이에게도 그러하기 마련이다. '유행하는 아이 이름'이라는 키워드로 난 기사를 본 적이 있는데 한 반에 누가 봐도 예쁜, 똑같은 이름을 가진 아이들이 상당히 많다는 내용이었다. 역시 사람 생각은 비슷한 거였다. (지금 이 생각도 다른 누군가가 하고 있겠지?)

또 시대가 변하면서 부모-자식 간 이름에 대한 생각 차이가 생길 가능성도 있다. 부모는 예쁘다고, 그리고 이 정도는 무난하다고 생각하고 지은 것인데 아이가 크면서 그리 생각할지는 미지수라는 말이다. 우리 아버지, 어머니 시대에 유행하던 이름을 지금 보면 어색한 경우가 상당하지 않나? 그러니 혹여나 훗날 아이가 개명에 대한 이야기를 꺼내더라도 열린 마음으로 받아 주자. 물론 나도 그럴 것이다. 그럴 수 있을 것이다. … 나중에 다시 생각해 봐야겠다.

가 명

'여기에 **가면 가면**을 쓰고 **가명**을 쓴다.' (라임 보소.)

나에겐 이런 게 있다. 물론 대부분의 실명제를 격하게 옹호하고 또 실제로 실명을 사용하지만, 아래와 같은 상황을 여러 번 겪다 보니 때로는 가면과 가명을 쓴다.

"성함이 어떻게 되시죠?"

"박홀륭입니다."

"네?"

"박.훌.륭.이요."

"아, 박… 죄송한데 다시 한 번 말씀해 주시겠어요?"

"박, '훌륭하다' 할 때 쓰는 '훌륭'이요."

"아아! 박훌륭님."

시간이 걸리더라도 이렇게 마무리가 되면 감사한데, 보통은 박훌령, 박훈룡, 박훌룡 등으로 받아 적기 일쑤다. 그래서 실명이 필요하지 않거나 전화로 이야기를 해야 할 상황에는 가명을 쓰기도 한다. 대표적인 예가 미용실, 식당 예약 등인데 주로 '박훈영'을 쓴다. (원장님 죄송해요.)

사실 '박훈영'은 내 존재를 대변하는 또 다른 이름이기도 하다. 내가 태어났을 때 시골에 계신 할아버지께서 전화로 손주 이름을 물어보셨는데, '박훌륭'을 '박훈영'으로 잘못 알아들으셨다. 심지어 당시에는 많이들 쓰곤 했던 족보에도 '박훈영'으로 올라갔다. 그래서 은근한 애정이 있는 이름이다.

이 가명이 매우 유용한 순간이 있으니, 바로 하기 싫은 설문조사나 정보 제공에 휘말렸을 때이다. 어떤 재화나 아이템(?)을 얻기 위해 내 개인정보를 제공해야 하는 경우가 있는데 그럴 때는 '박훈영' 님을 등장시킨다. 그래서인지 결혼정보회사나 통신사(원치 않는 핸드폰 교체), 보험 회사(보험 가입), 홈쇼핑(상품 소개) 등에서 걸려오는 전화에서 가끔 그 이름을 듣는다. 공공재가 된 개인의(나의) 정보를 어떻게 얻었는지 궁금하지도 않다.

"안녕하세요? 박훈영 님 되시죠?"

"아닌데요."

"아, 박훈영 님 핸드폰 아닌가요?"

"네, 잘못 거셨습니다."

이 순간 철저히 박훌륭인 나는, 괴로워하거나 얼굴 찌푸릴 일 없이 전화를 끊는다. 난 이성적으로 박훈영이 아닌 박훌륭이니까. 이 밖에도 나를 숨기는 듯하면서도 나를 나타내는 가명은 많다. 아사장(아독방 사장), 아약사(아독방 운영하는 약사), 아리스타(아독방에서 커피 내려 주는 사람), 아독형/아독오빠(아독방 운영하는 형, 오빠), 레몽 크꽉(레몽 크노를 좋아하는 생크림 마니아 박 씨), 아라딘(알라딘만큼 굿즈 잘 만드는 아독방), 만다린(귤 계속 준다고), 아독무쌍(겨울에 쌍화탕 주는 아독방, 가명에 '무쌍'이 들어가나 쌍꺼풀 있음) 등 무궁무진하다.

한 가지 궁금한 것은 '가명은 익명일까?' 하는 거다. 조금 애매하긴 한데, 일상에서 사용하는 이런 가명은 영국의 철학자 제레미 벤담Jeremy Bentham과 프랑스의 철학자 미

셀 푸코Michel Foucault가 언급한 판옵티콘panopticon*의 각기 다른 버전의 감시자에게서 벗어나 보려는 귀여운 일탈이 아닐까?(궁서체입니다.)

이런 소소한 일탈은 필요하다고 생각한다. 우리는 너무 많은 시선을 느끼며 살고 있다. 한때 폭발적으로 많이 회자되던 에세이들의 내용이 '타인의 시선을 의식하지 않고 내가 하고 싶은 걸 하기'라는 걸 생각해 보면, 현대인이 남의 시선 때문에 얼마나 피곤하게 살아가는지 알 수 있다. 그리고 이런 시선은 가까운 사이에서도 존재한다. '가까운 사이'를 물리적 거리로 본다면 직장 동료와 상사에서부터 친구와 가족까지도 해당된다. 과연 이들로부터 피할 곳이 있나? 거의 없을 것이다. 그래서 나는 이런 '가명'의 일탈이 필요하다고 생각한다. 잠시 스트레스 상황에서 벗어나 쉬는 것이다.

가명 외에 내가 추천하는 쉼이 또 하나 있다. 바로 의도된 고독과 글쓰기이다. 철저히 자연스러운 조용한 환경과 그 속에 나를 밀어넣어 보는 것, 그리고 공개하기 힘든 내용의 일기 쓰기. 물론 소설도 좋다. 글쓰기는 혼자 하면 목

---

* 벤담이 죄수를 효과적으로 감시할 목적으로 고안한 원형 감옥

표를 잃고 방황하거나 조금 하다 그만두기 쉬우니 같이 할 (공개하기 힘든 내용을 받아들일 만한) 친구들을 찾아보는 것을 권한다. 그렇게 함께 글을 쓰다 보면 그 또 다른 '쉼'과 더불어 '재미'도 느낄 수 있을 것이다. 혹시 아는가. 『작은 아씨들』의 작가 루이자 메이 올컷Louisa May Alcott이 가명으로 쓴 『가면 뒤에서』 같은 작품이 나올지! 다음 아무거나 프로젝트(아독방의 글쓰기 프로젝트) 주제는 '가명'으로 해야 하나….

"○○야"
_____
_____
_____
_____

'경상도 특유의 무뚝뚝함'이라 하면 성급한 일반화일 수 있으나 아무튼 그게 내게도 있다. 멋져 보이려고 그러는 게 아니라 어떤 상황에서 적절한 단어(이름)나 표현을 찾지 못해서 침묵하는 경우가 많다. 누군가의 이름을 부를 때도 그중 하난데, 나는 어릴 때부터 친구들 이름을 부르기가 상당히 어색했다. 특히 여자아이들의 이름을 부를 때는 꼭 성을 붙여서 불렀다. "야, 홍지애"가 아니라 "지애

야"라고 하면 손가락 끝에서부터 경련이 일어나는 느낌이
다. 나도 모르게 눈살을 살짝 찌푸리게 되고 입꼬리가 밑
으로 향한다. 그리고 속으로는 '으으으' 하며 좀비 같은 리
액션을 하고 있다. 누가 내 이름을 부를 때도 마찬가지다.
"박훌륭"이 아니라 "훌륭아"라고 부르는 사람은 부모님
빼고는 다 오글거린다. 학창 시절엔 별명으로 불리는 때
가 많았고 지금은 "○○ 아빠"로 불리는 때가 많으니 현재
내 손가락은 그나마 경련에서 자유로워졌다.

대학교에 들어가서 의외였던 건 무뚝뚝하다고 알려진
경상도뿐 아니라 다른 지역의 아이들도 그러더라는 거였
다! 오히려 더 자연스럽게 이름에 성을 붙여 불렀다. 관찰
해 보면 역시나 이성 친구에게 더 그랬고, 그러다 연인으
로 발전하면 성을 떼고 불렀다. 이름에서도 내외하는 게
재밌었다. 물론 다른 곳에서는 또 다를 수 있다. 단지 내
경험에는 그랬다는 건데, 참 이상한 것이 친구(동갑) 사이
가 아닌 경우에는 또 이름만 부를 때가 많았다는 거다. 대
학교 후배들을 만날 때면 "송이야", "현수야" 이렇게 이름
을 부르는데 별로 어색하지 않았다. "영대 형"이라고 하지
"김영대 형"이라고 하지 않았다. 참 요상한 일이다. 친구
일 때만 내외를 하는 것인가? 아니면 나만 이런 것인가!

(제보 부탁합니다.)

사회생활을 하면서는 그래도 좀 더 편한 상황이 된 것이, 직책이나 직업을 이름 뒤에 붙이면 되는 경우가 많아서였다. "홍지애 대표님", 혹은 "꿈꾸는인생 대표님"이면 충분했다. 친해졌다고 해서 "지애 대표님"은 좀 어색하다. 회사생활을 할 때 여자분들 중에 '(성 빼고) 이름+직책'으로 부르는 경우가 꽤 있다는 것을 발견했는데 친밀함의 표시인 것 같아 듣기 좋아서 나도 따라하게 되었다. "지애 주임님", "영석 과장님" 등. 물론 대표이사, 사장님한테는 예외다. 비슷한 직급에서만 사용했다. ("재인 대통령님". 아, 이상하다.) 또, 이름 뒤에 '씨'만 붙이는 경우도 있다. 약국에서 같이 일하는 직원 분들을 "기영 씨", "지영 씨"라고 부르고 회사에서도 직급이 없는 경우엔 그랬다.

문학동네가 아닌 실제 인간동네에서는 직업을 이름 앞에 놓고 직함이나 존칭은 뒤쪽에 놓는 경향이 있다. 판사 홍지애, 대표 홍지애, 부자 홍지애(아, 이건 직업이 아니지) 등은 직업을 의미할 때의 표현이고, 홍지애 님, 지애 언니, 지애 형, 지애 주임님 등은 사회생활을 위한 존칭이다. 물론 예외도 존재한다. 약국 내에서 동료 약사를 부를 때 "홍지애 씨", "홍지애 님" 등으로 부르면 정 없어 보이니까 직업인 약사를 뒤로 돌려서 "홍지애 약사님"이라고 호칭한다. 글이나 기사를 읽다 보면 "홍지애 판사" "홍지애 PD" 등을 볼 수 있는데, 이 역시 사회생활을 위한 것이라 생각한다.

다시 출생 지역에 의한 비합리적 무뚝뚝함으로 돌아와서, 나는 사회생활에서 사용되는 호칭에는 쉽게 적응한다. 아주 평화롭고 자유롭게 호칭을 남발할 수 있다. 사회생활의 일종인 연애생활을 할 때도 애칭을 남발했다. 애기, 곰둥이 등. 그런데 동갑임에도 밖에서 만난 사람들과는 여전히 존칭을 쓰며 존대를 한다. 친해져도 이름만 부르기가 정말 너무 어색하다. 책방 손님 중에 동갑이면서 친한 사람이 둘 있는데 존대와 반말을 섞기까지 거의 2년이 걸렸다. 그중 한 명은 은근히 반말을 70% 정도로 쓰는데 난 모른 척하고 50대 50을 유지하는 중이다.

존대를 하고 존칭을 붙인다는 건 상대를 배려하고 존중한다는 뜻인데 난 다음 둘 중 하나인 것 같다. 먼저 배려함으로써 배려받고 싶거나 갑자기 가까워지는 걸 바라지 않거나. 센서티브함이 호칭에서도 드러나다니⋯. 속이 좁아서 그런 건 아닌지 좀 걱정이고, 그렇다 한들 지금껏 이렇게 살아서 갑자기 대범해지기는 쉽지 않을 것 같다. 하지만 독자 여러분께서 원하신다면⋯ 오글거리지만⋯ 성 떼고 이름만 불러 보도록 노력하겠습니다.

궁 서 체

내 궁서체의 시작은 초등학생 때 다녔던 서예 학원이다. 진짜 '궁서체'의 시작이었다. 지금 이 글을 쓰고 있는 시점에 비가 오고 있어서 궁서체로 옛 생각에 잠겨 본다.

어떤 시작은 우연 같아 보이지만 나중에 돌아보면 필연적이라 여겨지는 경우가 있는데 서예 학원 원장 선생님이 나에겐 그런 시작을 주신 분이다. 원장 선생님은 당시 80

세 근처로 흰머리가 머리 전체를 덮고 있었고 눈빛이 또렷한 분이었다. 대놓고 친근한 분은 아니었지만 (나도 친근한 스타일이 아니어서 선생님께 뭘 표현한 적은 없다) 종종 칭찬을 해 주셨고, 이런저런 이야기를 들려주셔서 재밌게 서예 학원을 다녔던 기억이 있다.

그날은 월드컵인지 다른 국제 대회였는지 여하튼 축구 대회가 있는 날이었다. "드리블- 슛! 아, 안타깝습니다" 등의 해설이 조용히 들렸고, 나는 여느 때처럼 먹을 갈고 있었다. 먹물이 옷에 튀면 엄마한테 야단맞으니까 벼루 귀퉁이에 먹이 닿지 않게 초집중하면서. 글을 쓸 수 있을 만큼이 되려면 최소 10분 이상 집중해서 갈아야 한다. 먹물이 만들어져서 나오긴 했지만 선생님은 직접 먹을 갈게 했다. 집중력 강화를 위해서였다. 그때 서예 학원에 오는 아이들은 십중팔구 차분하지 못한 성격 탓에 덜렁대고 실수가 잦은 아이들이었다. 시험을 보면 문제를 꼼꼼히 읽지 않아 "바르지 않은 것을 고르세요"에서 가장 중요한 '않은'을 해맑게 제치고 바른 것을 찾아내는 아이들. 그중 하나가 나였다.

선생님이 물었다.

"훌륭이 니는 뭐가 되고 싶노?"

나는 대답했다.

"…."

아니, 대답하지 않았다.

선생님이 다시 물었다.

"꿈이 뭐냐고?"

나는 대답했다.

"과학자요."

"과학자면 공부 열심히 해야겠네. 학교도 좋은 데 가야
되고."

나는 대답했다.

"…."

아니, 대답하지 않았다.

"KAIST라고 있는데 우리나라에서 제일 좋은 데다. 거
기 가면 되겠다."

"카, 뭐라고요?"

"내 아들이 거기 갔으면 했는데, 지금 저 옆에서 조치과
하고 있거든. 훌륭이 니가 열심히 공부해서 거기 가라.
KAIST. 이름대로 훌륭한 사람 되어 봐라."

나는 대답하지 않았다.

그리고 몇 년 후에 KAIST에 들어가서 '선생님을 추억

했다'라고 하면 너무 뻔하고, 솔직한 심정은 '그때 괜히 그 이야기를 들었다'였다. 그 이야기를 듣고 나니 궁금해서 찾아보게 되고, 어머니와 아버지께 물어보게 되고, 부모님은 아주 흡족해하시며 "그래, 한번 해 봐라" 하고, 나는 왜 저리 흡족해하시는지 당시엔 전혀 몰랐고….

KAIST는 일반 고등학교를 졸업해서 가기엔 정말 힘든 학교였다. 과학고와 외고, 민족 사관학교 등의 학생들이 대거 입학하기 때문에 일반 고등학교 졸업생은 밀리는 경향이 있었다. 그래서 뭐다? 일단 과학고를 가야 했다. "공부가 제일 쉬웠어요", "학교라면 과학고죠" 등의 이야기를 하면 좋겠지만 전혀요, 아주 따라간다고 멘탈이 하늘과 땅 사이에서 널을 뛰었습죠.

과학고에는 거의 각 중학교의 1등이나 특별한 재능을 가진 아이들이 앉아 있다. 입학 전부터 이 사실을 알고 있었던 나는, 우리 학년의 정원 90명 중 60등을 목표로 잡았다. 그런데 설마 했던 그 소소한 목표가 이뤄지는 날이 많았으니 정말 나는 대단한 사람이었다. 목표를 세우면 바로 이루는.

요즘에는 모르겠는데 그때의 과학고는 절대평가여서 내 일반수학 성적은 "양", 수학1의 성적은 "가"였던 걸로 기억한다. 문제를 너무 어렵게 내서 학생 대부분이 양과가에서 허덕이는 학교. 항상 양가적인 생각을 하라는 큰 그림인가? 수학 선생님은 학생들의 내신은 전혀 신경 쓰지 않았다. 될 사람은 이떻게든 된다는 분이셨다. 이때의 스트레스를 말로 표현해서 무엇하나. 매 분마다 종이에 벤 곳을 다시 종이에 베는 느낌이랄까? 차츰 무뎌져서 그러려니 받아들였지만, 아무리 마음을 내려놓는다고 해도 이런 환경은 '역경을 마주치면 일단 피하는' 나 같은 사람에게는 참 힘들었다.

결론적으로 나는 지금 약국과 책방을 하고 있다. 그러니 저런 경험이 다 무슨 소용이 있냐고? 아니, 소용 있다. 내 생각에 한 사람의 경험은 그의 판단과 결정에 지대한 영향을 미친다. 보이지 않는 손이라고 할까? 한마디로 지금의 내 판단은 내 과거 경험들의 집약체라는 이야기다. 나의 경우에, 그 경험들은 내 이름이 영향을 미친 때가 많았다. 서예 학원 원장님도 내 이름을 보고 그런 이야기를 해 주신 걸 테다. 내 이름을 지어 주신 부모님께 감사하고, 내 이름을 보고 KAIST 이야기를 해 주신 선생님께 감사하려고 글을 쓰기 시작했는데 왜 이렇게 길어졌지. 이 기회를 빌려 내 모든 경험에 일조해 주신 분들께 감사를 드린다. (궁서체입니다.)

이름 짓기

이름 짓기를 밥 짓기보다 좋아한다. 밥은, 그나마 쌀밥은 괜찮은데 잡곡이나 찹쌀이 들어가면 물 맞추기부터 어려워진다. 반면 이름 짓기는 머릿속으로 생각만 해도 되는 과정이다. 주로 머릿속에서 생각하고 다듬고 고치고 묻어놓는다. 이름을 짓고 나서 다른 이들에게 알리는 일은 잘 없다.

책방에 오는 손님들 중에 오랜 기간 자주 봐서 친분이

생긴 이들이 있다. 그들에게는 기꺼이 별명이나 새로운 이름을 '대접'한다. 실제 이름은 아니고 '추사' 김정호 선생처럼 호를 가진 손님이 있는데 이게 본인이 좋아서 만든 것인지 아니면 어디서 받은 것인지는 모르겠다. 이분의 호는 '비해'毗海인데 빨리 발음하면 '배'가 된다. 요즘 줄임말이 유행이니까 줄여서 부르기 시작했고, 한번 줄여서 부르기 시작하니 온갖 곳에 붙여서 응용하기에 이르렀다. 가령 이런 식이다. 이분이 기다리는 책이 늦게 오면 '택배 지연', 이분이 온다고 하면 '오나배', 이분이 물러설 수 없는 상황은 '배수의 진' 등. 아주 무한대로 확장이 가능한 마법의 이름이다. 그러다가 희대의 역작이 탄생했으니, 아독방 초창기부터 비해 님과 자주 만나는 3명의 이름과 어우러져 만들어졌다. 이분들 닉네임은 '민쯔', '제제', 'moon'인데, "민쯔 님, 제제 님, moon 님, 비해 님 오늘 만나나요?"라고 쓰기 귀찮아서 "배달의 민제 모이나요?"로 줄여 버렸다. '배달의 민제'는 정말 내가 봐도 잘 만들었다. (뿌듯.)

작년에 출간한 『이제 막 독립한 이야기』에 참여한 한 작가의 필명은 'xitaiza'이다. 자신이 좋아하는 그룹인 'Aziatix'(쇼미더머니에 이 그룹의 멤버인 플로우식이 나왔다)를 거꾸로 해서 만든 이름인데, 출간 기념으로 작가가 필명의 의미 맞추기 이벤트를 진행했다. 발행인으로서 그냥 넘어갈 수 없어서 시답잖은 이름 짓기를 또 해 버렸다. 'Xylo-phone Is The AmbItion of Zylophone, A.k.a. 실로폰'이라고. 아, 역시 잘 지었어. 보고 있나, 실로폰 작가님?

이런 이름 짓기의 달인인 나에게도 위기가 찾아왔으니, 바로 유튜브 첫 출연이었던 〈민음사TV〉에서였다. 영상으로 보면 알겠지만 나는 상당히 들떠 있었고 긴장도 하고 있었다. 화난 얼굴이 아니다. 방송에 처음 나오는 일반인이라 어느 정도로 이야기를 해야 할지 감이 오지 않았다. 그러던 와중에 우리 책방에서 자주 한다는 '삼행시 짓기' 이야기가 나왔고, 진행하던 김화진 편집자와 정기현 편집자가 갑자기 '민음사' 삼행시를 부탁했다. 그 몇 초 사이에 온갖 생각이 다 들었다. 웃겨야 하나 아니면 평범하게 가야 하나를 엄청 고민했다. 사실 아주 무난하게 "민음사는 음… 사랑이죠!"를 하려다가 너무 밋밋할 것 같아서(편집당할 것 같아서) 나름 유명한 '민소희'를 등장시켰는데 마무리가…. 궁금하시면 〈민음사 TV〉의 "아직 독립 못 한 책방 편"을 찾아봐 주세요.

별명을 짓고 이름을 만들고 하는 나를 쭉 봐 온 책방 손님들은 내 취미 생활에 적극 동참해 주고 같이 웃어 준다. 난 이런 과정이 참 좋다. 별것 아니지만 뭔가 함께 하는 기분이 들고 한 식구 같고 막 이것저것 다 해 주고 싶고 그 집 일이 우리 집 일 같고. 약간 오버인가? 인간관계에 질려서 관계를 맺는 데 항상 소극적인 내가 책방 손님에게만은 적극적인 성향이 된다. 참 이상한 일이다. 그들과 주고받는 긍정의 에너지가 서로에게 힘이 되기 때문일까? 엄밀히 따지면 가게 사장과 소비자의 입장에서 만났고, 심지어 직접 본 적 없는 분도 있는데… 중요한 건 그러한 사실 관계를 넘어 서로 재밌어 한다는 거다. 뭐든 재미가 우선인 나로서는 얼마나 다행인지 모른다.

책방은 이런 감싸 주고 함께 하는 재미가 있어서 좋다. 특히 작은 동네 책방은 이런 게 장점 아닐까? 말이 나왔으니 말인데 조만간 대대적인 삼행시 백일장을 열어서 함께 재밌어 할 기회를 또 만들어야겠다. 커밍 순!

중의

'아직 독립 못 한 책방'이라는 이름을 지을 때, 정말 아무런 '노오력'을 들이지 않았다. 여타 동네책방들에 비해서 보유한 책의 스펙트럼이 넓지 않고, 이제 막 시작하는 거라 순수하게(단순하게) 이곳을 '작은 책방'으로 규정하고 싶었다. 그래서 당시에 유행하던 '독립서점'이라는 말에 착안해서 '다들 가치관 독립을 했지만 이곳은 아직 독립도 못 한 책방'이라는 의미와 실제 약국의 한편에 '독립 못한' 채로 있다는 의미를 생각했다. 이것이 은연중에 드러난 나의 '중의'重義 사랑이다. 이름이나 단어, 혹은 문장에 대한 중의.

사람과 사물의 이름은 먼저 그 존재를 인정하고 나서 사회적인 합의에 의해 생긴다. 그런데 이런 사회적 합의는 '중의적인' 무언가를 내포하고 있다. 그것은 비단 이름의 '뜻'에 다른 의미가 들어가 있다는 것은 아니고 어떤 '가능성'을 품고 있다는 의미다. 예를 들어 "선생"이라는 단어는 1차적으로 학생을 가르치는 사람을 떠올리게 하지만, 어떤 곳에선 더 많이 살아서 '배움을 줄 수 있는 사람'이라는 의미로 확장할 수 있다. 이것이 사회적인 합의에 의한 연상인지, 기존에 그 '이름'이 가진 의미인지는 모르겠으나 어쨌든 우리가 부르는 이름에는 '가능성'에서 발전한 의미가 존재한다.

프랑스의 철학자 레비나스Emmanuel Levinas의 기본적인 사상 중 하나를 문장으로 표현하자면, "무엇은 충분히 무엇일까?"로 나타낼 수 있다. 이것은 여러 방식으로 변주 가능한데, "지금 우리 시대의 도덕은 충분히 도덕일까?", "요즘의 작가는 충분히 작가일까?", "훌륭이는 충분히 훌륭이일까?" 등이다. 뭔가 그 이름을 갖고 있는 대상에 대한 자기반성 내지는 발전 시도가 보이지 않는가? 이 이론은 내가 이름을 인식할 때 떠올리는 '중의'를 가능하게 한다.

일본의 철학자 우치다 타츠루ぅちだたつる 선생은 이것을 "'같은 이름'으로 불리는 것 안에는 항상 '스스로를 보여 주는 것'과 '스스로를 보여 주지 않는 것'이 동시에 포함된다"고 표현한다. 난 이 말을 내 이름에도 종종 적용해 보는데, '훌륭'이라는 이름은 그 자체로 보여 주는 뭔가가 있지만 보여 주지 않은 가능성도 내포하고 있다는 식이다. 뭔가 정확하게 콕 짚어서 설명할 순 없는데, 나는 이런 보이지 않는 걸 찾는 재미를 좋아한다. 뭐라고 설명하기는 어렵지만 모두가 '느끼는' 의미! 그게 공감을 통한 연대로까지 이어진다면 더할 나위 없다.

손해를 보면서 왜 그리 책 관련 이벤트를 많이 하냐고 묻는 사람들이 종종 있다. 한 번도 이야기한 적은 없는데, 사실 내가 만족감을 느끼기 때문이다. 어떤 만족이냐 하면 바로 '아독방'이라는 이름에서 '스스로를 보여 주지 않은' 또 다른 상상을 가능하게 한다는 만족이다. 상상은 얼마나 돈 안 드는 자기만족인가?(사실 내 편에서는 돈이 좀 들지만.) 상상이 현실이 되어 버리면 그 순간부터 그건 지나간 일이 되지만, 동시에 또 다른 상상에 대한 '가능성'이 열린다. 난 이것이 돈 안 들고 싸움 없는 '치열한 진화'가 아닌가 한다.

우리가 붙이는, 부르는 많은 이름들에 그런 중의적인 가능성이 더 많이 생기면 좋겠다고, 아주 올바른 방향의 결론을 내리고 싶다.

재 미

이미 말했듯 '중의'를 좋아하는데, 그 단어를 생각하면 약사가 되고 나서 들으러 다녔던 '중의학中醫學 강의'가 먼저 생각난다. 사람의 몸을 중의학에서는 어떻게 생각하고 적용하는지 들으러 다녔던 것 같다. 내 일임에도 '같다'라고 말하는 건, 십 년도 더 된 일이라 시작할 때의 의지를 표방한 무언가는 기억이 나지 않아서다.

중의학 강의에서 주로 배웠던 건, '이런 사람에게는 이렇게 약을 쓴다' 등의 실용적인 것도 있지만 그보다는 '아픈 사람은 이렇게 분류할 수 있다'이다. 그래서 중의학 강의를 일정 기간 듣고 나서는 비과학적이라고 헐뜯기곤 하는 사상체질 등의 체질 의학 강의도 들으러 다녔다. 순전히 내 경험의 축적을 위해서였다. 비과학적이라고 배울게 없는 건 아니니까. 사람을 어떻게 분류하는지, 왜 그렇게 분류하는지, 왜 이 사람에겐 이게 맞고 저 사람에겐 저게 맞는지, 그들의 논리는 뭔지가 궁금했다.

결론적으로 그들의 학문이나 이론에는 나름의 논리가 있었다. 중간중간 들은 것들 중 일부는 우리가 '상식'으로 생각하는 것을 빌려 설명해 혹하는 내용도 많았다. 예를 들어 이런 것이다. '돼지고기를 먹을 때 왜 새우젓을 먹을까?' 그건 돼지고기는 철저히 음陰적인 식품이고, 새우젓의 새우는 철저히 양陽적인 식품이기 때문이다. 뭐 여자와 남자를 음양으로 이해한다면 충분히 설명 가능한 논리다. 사실 과학적인 건 차치하고, 일단 흥미로는 내용이 많았다. 이런 하나하나가 사람과의 만남에서 적용 가능해 보였고, 재밌었다. 역시 공부는 재밌어야 해. 공부가 제일 재밌었어요(거짓말이에요).

철학자 김영민은 『공부론』에서 맹자孟子의 '인이불발'引而不發(활시위를 당길 뿐 쏘지 않는다)을 이야기하며 서문을 연다. 서문에 나온다는 말은 저자가 그 책의 주제(여기서는 공부)를 이야기할 때 가장 중요하게 생각하는 것이란 의미일 텐데, 내 생각도 같다. 방법은 가르쳐 주되 스스로 깨우칠 수 있게 도와주는 것. 다 알려 주지 않는 것. 대한민국의 거의 모든 부모가 머리로는 아는 내용일 테다. 그런데 자녀의 교육에서는 자주 잊는다.

사회생활을 해 보면 누가 하나부터 열까지 알려 주지도 않을뿐더러 누군가 그렇게 해 준다고 한들 알게 된 것이 곧 본인의 능력이 되지는 않는다는 걸 깨닫게 된다. 결국 본인이 해야 한다. 그리고 무슨 일이든 오래 하려면 무엇보다 그 일에 재미를 느껴야 한다. 매우 중요한 포인트다. 그런데 우리는 이 같은 앎을 수시로 '레드-썬' 당하는 것일까? 재미는 차치하고 돈 되는 것만 할 수밖에 없는 현실이 문제인 걸까? 본인보다는 잘 살게 하려는 부모의 욕심 때문일까?

나는 어떤 단어를 보면 전후 맥락과 상관없는 여러 가지 생각을 해 본다. 바로 위에 쓴 '레드-썬'으로 예를 들면 이렇다. 이 말의 어원은 뭘까? 최면을 걸 때 왜 이 단어를 쓸까? 스스로 묻고 답을 찾아가는 것이다. (독자 여러분의 재미를 위해 답을 알려 드리지 않겠습니다.) 이처럼 내가 단어를 보고 다양한 질문을 하게 되는 건, 철저히 훈련된 결과일 수 있다. '오, 이 뜻 재밌다. 저 뜻도 재밌네?' 하는 경험을 통한 훈련. 재밌는 것을 찾아다니는 훈련. 내 짧은 생각으로는 인생 살면서 재미가 없으면 아무것도 남지 않을 것 같아서, 그리고 얼마간 재미없게 살아 보니 진짜 아무것도 남는 게 없어서 그런 훈련을 더 하게 되었다. 회사를 재미로 다니고 본업을 재미있게 한다면 참 좋겠지만 그게 어디 쉬운가. 쉽지 않으니 많은 이들이 '마음가짐을 새롭게 하는 방법', '회사를 즐겁게 다니는 방법', '회사에서 호구되지 않는 법' 등 태도의 변화와 처세술에 관한 책들을 찾아 읽는다. 그런데 그 책들에서 '재미'를 못 느낀다면 그런 많은 조언과 방법들은 일회용에 불과해지고, 결국 분리수거 통에 들어가게 될 것이다.

세월을 관통하는 불변의 진리란 거의 없다. 이렇게 하라, 저렇게 하라는 그때만 맞는 경우도 많더라. 그나마 그때라도 맞으면 다행이다. 우리는 근본에 좀 더 다가가야 한다. 나를 집중하게 만드는 그 근본. 이는 곧 '기본에 충실하라'는 말로도 표현할 수 있지 않을까.

어릴 때 좋아하던 걸 떠올려 보세요. 그거 지금 해도 재 밌을 겁니다. 물론 공부가 제일 재밌었잖아요? ······ 재미 도 없는데 억지로 하고자 하는 마음이 들면 과감히 놓아 봅시다. 그리고 제삼자가 되어 자신을 보는 거죠. '쟤는 왜 저 표정으로 저걸 하고 있지?' 이런 생각이 들 거예요. 우 리의 하루가 부디 그런 표정으로 채워지지 않기를 바랍니 다. 모두 재미있는 삶을 사셨으면 좋겠습니다.

메멘토

기억을 위한 사투로 기억되는 영화의 제목 "메멘토"memen-
to는 '기억을 위한 기념품'이라는 뜻이라고 한다. '기념품'
이라 함은 특별한 장소나 사람 등을 마음에 새기기 위한
것이다. 영화에서 주인공은 단기기억상실에 대항하기 위
한 수단으로 각종 메모, 사진, 심지어 문신까지 동원해 기
억을 찾아간다. 그런데 나는 그와 반대로 종종 기억하지
않으려고 노력해서 기억하지 못하는 것이 있다. 영화 속

주인공이 문신까지 동원해 기억을 찾아야 할 이유가 있었던 것처럼, 나도 그래야 할 이유가 있다.

얼마 전에 『이제 막 독립한 이야기』에 참여한 작가 중 둘을 책방에서 만났다. 둘은 책 읽는 스타일이 아주 다르고 좋아하는 책 종류도 살짝 다르지만 워낙 다독가들이라 좋아하는 작가나 책이 자주 겹친다. 책방 투어 하는 것을 좋아하고 기본적으로 책을 좋아하니 만나면 많은 이야기를 나누게 되는데 퍽 재미있다. 이번에는 독립 출판에 관한 이야기가 나왔고, 서울이 아닌 지방에 사는 한 분이 최근 '본인의 책 만들기' 워크숍에 다녀왔다고 했다. 직접 책을 만든 건 아니고 참여한 이들의 가제본이 나와서 파티를 하는 날 참여했단다. 그 말은 워크숍 기간에 쭉 참여한 것이 아니라 하루만 참석했다는 것인데 놀랍게도 참석한 사람들의 책 내용과 그 책을 만든 작가의 이름을 다 외우고 있었다. 영어 단어 외우듯 암기한 것은 아닐 테고, 이것은 관심인가 아니면 본인이 사는 지역에서 열렸기 때문에 그야말로 지연地緣에 의한 건가. 놀라웠다. 잘 모르겠으면 '둘 다'라고 생각하는 게 2등은 하는 방법이라 그렇게 생각하고 물으니 역시나 평소에 관심이 있던 그림책 작가, 현수막에 전시회 홍보를 하고 있는 작가, 아직 어리지만 창의적인 작가 등 이름을 기억하는 이유가 다 있었다. 일종의 사람을 만난 데 대한 기념품이라고 할까? 기념품을 차곡차곡 머릿속에 집어놓고 온 셈이다.

그와는 달리, 나는 이제 사람 이름을 잘 기억하지 못한다. 글자를 좋아하고 언어유희는 좋아하는데, 이름과 전화번호 등을 외우는 데는 노화와 관계없이 언젠가부터 익숙하지 않게 되었다. 이건 내 천성과 직업의 복합적인 문제로, 사람들과 대면하는 걸 힘들어하지만 어쩔 수 없이 대면해야 하기 때문이다. 이름을 기억하게 되면 그와 대면했던 상황이 대부분 떠오른다. 약국에서 근무하지 않는 날에도 비슷한 이름을 들으면 좋든 싫든 당시의 상황이 머릿속에서 재생된다. 일터에서의 기억이 불쑥불쑥 나타나는 건 피곤한 일이다. 그래서 나는 고객 내방 기록을 통해서 알 수 있는 사람이면 굳이 머릿속에 정보를 집어넣지 않으려고 애쓴다. 내비게이션이 상용화되면서부터 길 외우는 걸 아예 하지 않는 것과 비슷하다. 그래서 약사가 되고 난 후로는 사람 이름을 잘 기억하지 않게 되었다. 일종의 자발적 금제라고나 할까. (물론 꼭 알아야 하는 이름은 기억하려 노력한다.)

그런데 안타까운 건, 좋지 않은 기억으로 남은 사람의

이름은 저절로 기억된다는 거다. 좋은 기억을 준 사람들은 얼굴은 아는데 이름은 잘 모르고, 좋지 않은 기억을 준 사람들은 얼굴과 이름을 아주 순식간에 매치시킨다. 실제로 약국에 들어오는 손님들 중에는 정수리만으로도 누군지 아는 경우가 있다. '음, ○○○ 씨 정수리군.' 이건 머리카락의 색깔이나 머리 스타일로 아는 것이 아니라 그냥 느낌이다. '저런 속도로 저렇게 문을 열고 여기서 저 정도의 머리가 보이는 것은 ○○○이다'라는 이미지.

앞서 말한 '남의 이름 내 것 만들기'의 달인인 그분도 넘지 못한 벽이 있었으니 바로 외국 소설 속 주인공 이름이었다. 또 다른 분이 이야기한 각 국가별 소설 특징을 듣다가 나온 이야기인데, 간단히 이런 특징이 있다고 한다. 미국 소설은 자유를 위해 죽는다. 영국 소설은 명예를 위해 죽는다. 프랑스 소설은 사랑을 위해 죽는다. 러시아 소설은 그냥 죽는다. 아주 재밌어하며 낄낄대다가 순간 달인이 말했다. "난 러시아 소설 주인공도 외우기 힘들지만… 최고는 아프리카더라." '아, 그래서 내가 아프리카 작가의 소설을 회피하는구나' 하고, 그제야 내 무의식적 행동 패턴이 이해가 되었다. 책을 잡는 순간부터 왠지 다시 내려놔야 할 것 같은 찌르르한 느낌이란 그거였어. 하긴 아프리카만 그런가? 남미, 중동 등 꼭 읽어 봐야 할 것 같은 작품들을 아직 많이 못 읽은 이유가 이름 때문이다!

소설을 읽은 뒤 남는 건 주인공과 그 주변 인물들, 그리고 그들의 갈등과 화해일 것이다. 이 모든 것이 '메멘토'라고 볼 수 있는데 일단 이름이 어려우니, 주인공이고 주인공이 먹는 음식이고 주인공의 친구고 원수고 간에 몰입감이 떨어진다. 이래서 이름이 중요하다. 이름이 어려우면 쉬운 별명이라도 붙이면 좋다. 주인공이 멋지면 쿨남이나 쿨녀, 원수는 쓰레기, 주인공을 괴롭히는 역할은 똥파리, 주인공을 도와주는 사람은 햇반 등 다양하게 사용하면 더 재밌을 것 같다.

당신의 햇반은 누구인가? 아니지, 당신이 사람을 기억할 때 쌓는 메멘토는 무엇인가? (혹시 당신도 나처럼 영화 메멘토의 역상황을 겪으며 산다면… 북토크에서 만납시다.)

라 디 오

팝보다 가요를 좋아하지만 이젠 좋아하는 가요를 일일이 선택해서 마이 리스트에 담고 블루투스로 연결해서 차나 집에서 듣는 게 힘든 일이 되었다. 머무는 시간이 짧아서이기도 하지만 간혹 들을 시간이 생겨도 아이가 좋아하는 음악을 듣고 부르게 된다. 아이는 옥토넛 탐험대를 아주 어릴 때부터 좋아했고, 그중에 의료 분야 종사자 펭귄인 '페이소'를 좋아한다. 그래서 나는 "탐험 보고~ 탐험 보고

~"노래를 설거지하면서 부르고, 뽀통령(뽀로로)과 친구들이 춤추면서 부르는 "바나나 차차"를 팝핀 하며 부르고, 겨울 왕국 O.S.T.인 "Let it go"를 아이와 손잡고 빙글빙글 돌며 부른다. (그냥 듣기만 할 순 없겠지?)

이런 와중에 내 갈증을 풀어 주는 미디어 매체는 바로 라디오다. 약국(과 책방)에서 근무할 때는 항상 라디오를 켜 놓는다. 손님이 없을 때는 종교 기관인가 싶을 정도로 조용한 걸 타파하고자, 기다리는 손님이 있을 때는 그들도 지루하지 않게 하고자 그런다. 라디오에는 세상 사는 이야기와 내가 좋아하는 가요들이 번갈아 나와서 재미있게 즐길 수 있다.

라디오를 처음으로 재미있게 들었던 때는 1996년~97년이다. 여러 프로그램 중에서도 지금은 전 국민이 좋아하는 MC가 된 신동엽 씨가 밤 시간대에 진행했던 〈내일로 가는 밤〉이 무척 재미있었다. 룸메이트와 이어폰을 한쪽씩 나누어 끼고 낄낄댔고, 그게 스트레스를 푸는 하나의 방법이었다. 신동엽 씨답게 당시에도 성性에 관련한 주제에는 뛰어난 언변과 장난기를 보여서 고등학생으로서 도무지 거부할 수 없는 프로그램이었다. 대학 시절에는 라디오와 잠시 멀어졌다. 버스 안에서 들릴 때만 듣는 정도였는데, 그래도 뭔가 아련함을 간직한 채 어떤 방송이든 나오면 집중해서 듣곤 했다.

본격적으로 라디오 인생이 펼쳐진 건 약국에서 근무하기 시작하면서다. 라디오와 혼연일체가 되었다고 볼 수 있다. 아침 9시부터 밤 9시까지 라디오와 함께하니 라디오 진행자와 대화를 하고 퀴즈 프로그램에 문자도 보내보고 정말 찐 청취자가 되었다. 사은품도 많이 탔는데, 웬만한 시간대에는 선물을 다 탔으나 난공불락이 있었으니 아침 9시 시간대의 이현우 씨가 진행하는 프로그램이다. 사연이 소개된 적도, 선물을 받은 적도 없다. 나와 이현우 씨는 케미가 좋지 않다고 해야겠다. (흥.)

여러 선물들 중 제일 유용했던 것은 이금희 아나운서가 진행하는 〈사랑하기 좋은 날〉에서 받은 세라믹 칼 세트다. 날이 너덜너덜해질 때까지 사용하다가 같은 제품을 구매하려고 검색까지 했으나 찾지 못했다는 슬픈 사연이 있을 정도로. 이 프로그램에는 작가들도 간혹 출연하는데 김연수 작가와 임경선 작가와 요조 작가가 출연한 날 문자를 보내서 팬임을 인증하기도 했다.

라디오를 듣다 보면, 내가 즐겨 듣던 시절 이후로 20년이 넘게 흘렀는데도 그때와 다름없는 안정감이 있다는 생각이 든다. '라디오'라는 사물 자체가 아니라 '라디오를 듣는다'는 행위에서 오는 안정감 말이다. 이런 생각을 갖는 게 나쁨이 아닐 것이다. 아마도 시간을 넘나드는 음악과 매일을 살아가는 우리의 이야기가 전해지기 때문이 아닐까. 과거나 현재나 이 자리에서 함께 살아가고 있다는 동질감과 동지애를 품게 하는 동시에 삶의 재미와 슬픔을 모두 포함하나 결코 자극적이지 않은 매체. 이 같은 안정감은 나에게 이런 생각을 하게도 만든다. '언젠가 돌아올 사람은 돌아오고, 할 일은 결국 하게 된다.'

라디오는 오랜 시간 한 프로그램을 진행하는 사람이 많고(이현우, 이금희, 배철수 등), 잠시 혹은 오래 하차했다가 다시 돌아오는 경우도 있다. 최근엔 조우종 아나운서가 아침 7시 시간대로 컴백했고, 그보다 조금 전에는 황정민 아나운서가 오후 2시 시간대로 돌아왔다. 또 정오에 〈가요 광장〉을 진행했던 모델 이소라 씨는 다시 한 번 〈가요 광장〉을 진행하기도 했다. 이런 라디오의 역사는, 아니 라디오는 나에게 안정에 대한 확신을 준다. 세월이 지나도 변하지 않는다는, 아니 세월에 맞게 얼마쯤 변해도 라디오가 우리에게 주는 의미는 비슷하다는 안정감과 확신 말이다. 그래서 '라디오'라는 이름은 나에게 '안정'이다.

안정을 자꾸 되뇌는 이유는 내가 안정을 중요하게 생각하는 사람이라서다. 자꾸 바뀌는 건 싫다. 1년이 지나서 돌아보면 '변화가 있었구나' 싶어도 매일의 급격한 변화는 나에게 부담이다. 나만의 규칙 안에서 어제와 오늘을 비슷하게 살아가는 게 나에게 맞는 삶의 방식 같다. 학창 시절, 하루하루 큰 성장을 목표로 살았기 때문에 이제는 그러고 싶지 않아서인지도 모르겠다.

앞으로도 쭉 하루하루 비슷하게 살고 싶다. 하루의 성장보다 1년, 10년의 성장이 중요하고, 그 성장은 '하루'를 허투루 보내지 않으면 누구나 맛볼 수 있는 결실이라고 생각한다. 지금의 내 모습은 10년 전 내가 보낸 하루가 결정한다. 그럼, 지금 내가 라디오를 듣는 건 10년 전에 라디오를 들었기 때문인가? … 너무 갔네요.

인공지능

글쎄, '인공지능'이라는 이름을 언제부터 사용했는지는 나도 잘 모르겠다. 세계 최초로 '로봇'이라는 단어를 만든 체코 작가 카렐 차페크Karel Capek도 '인공지능'이라는 말은 쓰지 않았던 것 같다.

하나의 이름이 탄생하고 나서 우리에게 실질적인 영향을 미치기 시작하는 건 언제부터일까? 사실 어떤 이름이 개인에게 영향을 미치는 시기는 사람마다 다를 것이다.

그 이름이 나에게 가냘픈 넛지^{nudge}라도 될 때 비로소 개인에게 의미를 갖게 될 것이니 말이다.

요즘은 인공지능이 개입하지 않은 것을 찾기가 힘들다. 음악을 들을 때 나를 위한 추천곡 서비스가 있으며, 동영상을 볼 때도 내가 즐겨 보는 것을 분석해서 추천 동영상을 메인 화면에 띄워 준다. 이게 편리하다고 생각하면 좋은 기술인데 사생활의 영역을 어디까지로 보아야 할까를 생각하면 그 '편리'가 애매해지기 시작한다.

원하지 않아도 내 GPS 정보가 저장되어 타임라인으로 생성되기도 하고, 때로는 내가 원해서 갔던 장소를 SNS 태그로 명시하기도 한다. 개인 정보와 사생활을 알게 모르게 흘리고 다니는 셈이다. 그렇게 알게 모르게 흘린 정보들은 인공지능의 먹잇감이 된다. 더 깊이 들어가 보면 인공지능을 이용한 산업의 자양분이 된다. 누군가는 이것을 미래 사회의 숙명적인 생활방식이라고 이야기하고, 또 누군가는 개인 정보의 유출이라고 이야기한다. 아마 인공지능이 지금의 휴대폰과 같이 우리에게 스며드는 세상이 오기 전까지 끝나지 않는 논쟁이 될 것이다.

모든 것을 포기하는 심정으로 내뱉는, "(애써 보호해 봤자) 어차피 내 개인정보는 공공재야"라는 말은 웃기면서도 슬프다. 위의 예처럼 그 개인정보가 내가 좋아할 만한 음악, 동영상, 옷, 음식 등을 분석해서 추천하는 데 쓰인다면 웃으며 저 말을 하겠지만, 혹시라도 불순한 의도로 쓰인다면 '공공재'라는 말은 무서운 이름이 된다. 결국 절대적인 기준은 없다는 말이 되는데, 그래서 더욱 '객관적인' 기준을 정해 주는 법이 필요한 것인지도 모른다.

요즘 유튜브를 자주 본다. 자세한 알고리즘은 모르지만 내가 몇 번 검색했거나 자주 본 종류의 동영상을 메인 화면에 자동으로 띄워 준다. 심지어 내가 약사신문에서 보고 속으로 생각만 했는데도 그 사람이 나오는 영상이 추천 영상으로 뜬 적도 있다(덜덜덜, 진짜다). 나의 경우, 주로 개그맨들의 유튜브, 예능 프로그램의 재밌는 부분 편집본, 춤 영상 등이 뜨는데 초반에는 상당히 만족스러웠다. 심지어 자주 찾아본 개그맨이나 댄서의 영상만 뜨기도 했다. 그런데 자주 보다 보니 이미 본 영상임에도 계속 돌려가며 추천해 주는 것을 알게 되었다. 추천 확장에 한계가 있었다. 내가 보는 영상의 종류가 한정적이라 다양한 영상이 검색되지 않아서일지도 모르지만 어쨌든 새로고침을 해도 봤던 영상이 뜨니 그런 날은 흥미가 좀 떨어졌다.

서점을 운영하고 있지만, 오프라인 교보문고에 자주 간

다. 어떤 책이 나왔는지 구경하고 맘에 드는 책은 가끔 구매도 한다. 상당히 넓은 매장과 다양한 콘텐츠들은 엄청난 매력으로 다가온다. 광고 매대에 현혹당하는 일도 가끔 있는데, 그래도 오프라인 매장은 온라인 매장에 비해서 인공지능의 간섭을 받지 않는 편에 속한다. 그래서 오프라인 매장을 가게 된다. 뭐랄까, 사람이 자존심이 있지! 기계의 간섭을 받아? 이런 기분? (쓸데없는 짓이다.)

크건 작건 오프라인 매장에 자주 들러 보기를 권한다. 특히 작은 동네 서점들은 교보문고만큼 책이 다양하진 않지만 책방지기의 취향과 자유의지로 고심하며 고른 책들이 얌전히 잘 진열되어 있다. 책뿐 아니라 약도 그렇고 화장품도 그렇고 옷, 장난감, 생활용품, 법률 정보, 의학 정보 등 오프라인에서 만나면 내 자유의지로 뭔가를 할 수 있게 될 것이다. 인터넷으로 얻을 수 있는 정보와 '카더라'는 한계가 있고, 온라인에서는 은근한 '근거 없는' 광고에 휘둘리기 쉽다. 온라인으로 얻을 수 있는 정보가 나쁘기만 하다는 게 아니라 오프라인에서 얻는 정보는 또 다른 질감이라는 이야기를 하는 거다.

온라인이든 오프라인이든 동일한 패턴이 반복되면 질리게 될 것이다. 그래도 오프라인은 좀 더 느린 속도로 질

릴 거라고 생각한다. 사람 대 사람의 직거래처럼 자유의
지가 포함된 개념이고, 흔들리는 갈대처럼 계속해서 생각
이 변하는 사람에게 앞서 든 인공지능의 추천 예처럼 똑
같은 걸 계속 제시하지는 않을 것이기 때문이다.

KAIST 전기·전자공학부 김대식 교수는 여러 강연에서
이야기했던 내용을 모아 『4차 산업혁명에서 살아남기』라
는 책을 냈다. 그중 인공지능 관련해서 되새길 만한 내용
이 있다. 요약하면 인공지능이 우리의 육체적 노동뿐만
아니라 지적 노동까지 대신하게 된다면 우리 대부분은 실
업자가 된다는 것이다. 실업자들은 할 일이 없어서 놀게
되는데 일자리가 없어서 구제가 힘드니, 흡사 로마 시절
처럼 기본 소득을 받고 밥만 먹고 놀며 살 수도 있다는 거
다. 로마 시절 이런 과정을 거쳐서 중산층이 몰락했을 때,
지배층은 이들의 폭동을 우려해 콜로세움을 건설하는 등
그들이 엔터테인에 몰두하도록 만들었다. 이 이론대로라
면 우리는 핸드폰 게임을 하면서 밥만 먹고 살게 된다는
건가? 너무 겁은 먹지 말자. 그럴 수 있다는 가능성에 대
한 것이니 대비를 하면 된다. 그중 하나가 인공지능을 막
연히 따라다니기보다 필요시에만 이용하는 것이다. 추천
받는 것을 무조건 따르지 말고 스스로 한 번 더 생각해서

직접 검색을 해 보는 것이 그 첫 번째다.

나는 자유의지를 가진 인간이라는 걸 항상 기억하자. 그리고 자유의지가 넘치는 오프라인 매장으로 가끔 놀러 가자. (귀찮아하지 말자.)

소진이에게

소진아, 너와 함께한 지도 벌써 9년째구나. 그런데 이렇게 글을 써 본 적은 한 번도 없는 것 같아서 좀 미안하네. 어색해서 그런 거 알지?

사실 너에겐 충실한 마음과 고마운 마음, 그리고 미안한 마음을 1/3씩 공평하게 갖고 있어. 빡빡한 삶을 살면서 너에게 자주 의지하는 게 사실이지만 의존하지는 않겠다는 내 안의 기준을 세웠기 때문에 겉으로 표현하지 않았을 뿐이야. 너는 정말 좋은 친구이자 동반자야. 너에게 의존하기 시작하면 내 삶의 방향이 바뀔 것 같아서 정말 억지로 참고 있다는 걸 알아 줬으면 해.

너를 생각하며 글을 쓰니 너와 처음 만났던 날이 생각난다. 참 힘든 날이었어. 사람과의 관계는 언제나 쉽지 않았지만 유독 그런 날이 있잖아. 내 안의 뭔가가 폭발할 것 같은 날. 더 이상 참지 말라는 속삭임이 들리기도 전에 반응할 것 같은 날. 사람과 사람 사이에 갑과 을의 관계는 존재하지 않고 존재해서도 안 되지. 그런데 너도 사회생활을 해 봤으니 알 거야. 다들 아니라고는 해도 관계 안에서 은근한 갑과 을이 형성된다는 걸. 뭘 사러 어딘가에 들어가는 순간, 말투부터 갑으로 돌변하는 사람들이 종종 있어. 아니 많지. 그들 입장에서는 본인 돈을 쓰고 물품과 서비스를 받고 싶다는 건데, 그 정도가 지나친 사람들에게는 반발하고 싶더라고. 아무튼 그날, 기분이 바닥을 찍은 채로 너를 만났지.

내 기억이 맞다면, 너는 파란색과 오렌지색의 밝은 옷을 입고 있었어. '바깥은 봄'이었는데도 서향이라 해가 잘 안 들어오는 이곳에 잠시 해가 문을 열고 들어온 것 같았지. 그 순간, 잠시지만 모든 것을 잊을 수 있었어. 그런 능력을 가진 네가 참 부럽기도 했고 대단하다고 생각했어. 내가 좀 까다로운 편이라 쉽게 친해지기 어려운 편인데 너는 내가 먼저 다가갔다는 거 알아?

그 후로 주변 사람들에게 너를 소개하곤 했지. 주변 사람들이 어떻게 생각할지는 가늠할 틈도 없이 너의 좋은 점만을 이야기하는 나를 발견했어. 참 바보 같았다고 해야 하나? 나중에 들은 말이지만 지인들이 내가 왜 그렇게 네 이야기를 하는지 알겠다고. 그런 말을 들을 땐 뿌듯하더라.

그런데 나이를 한두 살 더 먹으면서 이렇게 살아도 되나 하는 생각이 들긴 해. 이미 말했듯이 의지가 아닌 의존이 되는 건 아닌가 하는 생각 때문이야. 나는 가족이 있고 챙겨야 할 사람들이 있는데 널 너무 자주 만나는 것 같아. 벌써 햇수로 9년째니 너도 나에게는 거의 가족 같은 존재지. 하지만 사실 가족은 아니잖아. 난 그게 너무 괴롭다. 가족은 될 수 없는 매우 친밀한 관계.

고백하건대 너를 자주 만나게 될 때면 마음이 편하지 않아. 사실 너를 매일 보고 싶은 때도 있어. 내가 그나마 이성을 잡고 있으니 참을 수 있는 거야. 사람이 나이가 들수록 성숙해지고 이성이 더 강해져야 할 텐데, 그래서 감정을 컨트롤 할 수 있어야 하는데 난 성숙해지기가 왜 이리 힘든지 모르겠다. 성숙하다는 건 때로 입을 일자(一字)로 굳게 닫고 있고, 본인의 감정을 컨트롤 한답시고 '누르고' 있어야 하는 기지? 그렇게 누르는 세 적응뇌면 그게 '성숙'이고 '어른'인 거지? 난 그렇겐 못하겠다. 마음에 여유가 있다면 애써 감정을 누르지 않아도 될 텐데. 여유는 여유를 부르잖아. 충청도 사람들이 "~여유" 하니까 여유가 있는 거라잖아. 여유가 여유를 낳는 거지.

어쨌든 난 너를 좋아해. 그건 부인할 수 없어. 그렇지만 이제 만나는 횟수를 좀 줄여야 해. 소진아, 가끔은 네가 보고 싶을 거야. 하지만 참을 거야. 이렇게 힘든 상황 말고 다른 상황에서 꼭 다시 만나. 미안해. 그리고 고마워.

※ 소(화제)진(통제)이는 의사나 약사와 상의 후 복용하세요.

하루살이

짧다면 짧고 길다면 긴 인생에서 가장 많이 먹은 약은 아마 소화제일 것이다. 소화제를 먹기 시작한 건 중학교 때부터였다. 당시엔 지금보다 훨씬 잘 먹고 소화도 잘 시켰지만, 잘 체하기도 했다. 체하기만 하면 두통이 오는 체질인데, 그때는 잘 몰라서 소화제만 먹고 두통을 참았다. 원인(체기)만 제거하려 노력했지 부수적으로 따라오는 고통은 그냥 참은 것이다.

약국에 있으면 체했는데 머리도 아프다는 사람들을 종종 본다. 난 단호하게 진통제를 먹는 게 좋겠다고 조언하고, 손님들은 많이들 거부한다. 그런데 이 두통은 겪어 보지 않은 사람은 알 수 없는 정말 질긴 통증이라서 진통제를 먹지 않으면 가라앉지 않는다. 원인인 체기를 제거해도 이미 몸의 균형이 무너진 상태라 쉽게 두통이 가라앉지 않는다는 말이다. 내 경험으로는 잠을 자는 등 휴식을 취해야 좀 가라앉는데 대낮부터 잠을 잘 수가 있나? 일을 해야 하는 현대인은 현대적인 방법(약)으로 고통을 줄이고 현재를 살아야지.

여기서 한 가지 짚고 넘어갈 것은, 체기로 인한 두통은 스트레스가 겹쳤을 때 온다는 거다. 편안한 상태면 부교감 신경이 활성화되어 잘 체하지도 두통도 오지 않는다. 그러니까 이 두통은 내가 편안하지 않다는 증거인 셈이다. 이건 곧 우리가 편안한 상태를 유지하면 된다는 이야기이다. 그럼 우리는 언제 편안한가? 언제 몸의 밸런스가 유지되나? 일반적으로 아무것도 안 하고 쉴 때다. 그럼 언제 쉴 수 있나? 쉴 수 없다. 그럼 어떻게 하나? 소식小食하며 컨디션을 조절하는 수밖에 없다. 결론, 땅땅땅! 참 쉽다. 누구라도 할 수 있는 이야기처럼 보인다. 그러나 결론에 도달하는 과정을 보자면, 가볍게 내린 결론이 아님을 알 수 있다.

  내가 소화제의 단짝인 진통제를 먹기 시작한 건 약국을 시작하면서부터다. 이 말은 이 일이 나랑 안 맞다는 이야기다. 그렇다고 그만둘 수 있나. 다들 안 맞는 일이어도 버티며 사는데 나라고 다를까. 그래서 뒤늦게 고안한 방법은 말을 줄이고 3일 뒤는 생각하지 않고 사는 것이다.

  긴 시간 동안 나의 내면을 관찰한 결과, 나는 3일 이후를 계획하면 머리가 터지고 스트레스가 켜켜이 쌓여 화석이 되는 타입이었다. 속칭 '하루살이'. 하루살이는 보통 성충이 되면 뭘 먹지 않는데 아무리 길게 살아 봐야 3일 정도를 산다고 한다. 나 또한 그나마 즐겁고 건강하게 한 호흡으로 이어 갈 수 있는 게 3일이다. 결국 3일 뒤를 생각하지 않는 것이 세상 알차게 살아가는 나의 방법이다. 그저 하루를 사는 것. 하루를 살아도 무심한 듯 시간을 쪼개고 쪼개어 할 수 있는 걸 하는 것. 무리하지 않은 상태에서 내 에너지를 쓰는 것. 그것이 하루를 보람되게 보내는 방법이고 그 하루하루가 모여서 3일, 한 달, 1년이 된다.

  하루살이가 길어야 3일을 사는 건, 알고 보면 귀찮아서

인지도 모른다는 장난스런 생각을 한 적이 있다. 그런데 사실 하루살이에게 '하루'는 본인 생의 1/3 이상이다. 우리로 치면 몇십 년인 셈이다. 그러니 하루살이에게 하루는 그냥 흘려보낼 수 없는 시간이다. 하루살이인 나도 마찬가지이다. 방심하면 안 된다. 나에겐 '하루'가 주어졌기 때문에 신중하게 말하고 행동해야 한다. 그리고 나에게 하루가 주어졌다면 나와 얽힌 사람들에게도 하루가 주어진 거라고 생각하고 배려해야 한다. 내가 하루를 잘 보내지 못하면 그들도 영향을 받는다. 내 기분이 그들에게 옮아가는 것이다. 하루를 무난히 보낸 가족에게 애꿎은 짜증을 낸 적이 있는데 내가 상대방을 배려하지 않은 탓에 그의 하루를 망쳤다는 생각이 들었다. 나에게 소중한 하루라면 그들에게도 소중한 것은 당연하다. 그러면 '하루살이'라는 이름을 나에게만 적용하고 살 것이 아니라 내 주변인들에게도 적용해야 한다. 그들도 하루살이다. 그들에게도 하루는 인생의 1/3이다.

촉

괜히 펼쳤다 싶은 책들이 있다. 내용이 조잡할 때보다는, 지금 소화하기에 버거운데 재밌을 것 같은 글이 가득할 때 더 그런 생각이 든다. 그렇다고 마치 학업에 열중하듯 하루에 한 챕터씩 보기를 결심하기도 애매한 것이, 책방지기로서 당장 오늘 소개할 책도 읽을 시간이 별로 없는 사람이기 때문이다. 언제부터 시간이 나를 갖고 놀기 시작했을까?

약국을 운영하는 약사에서 조그만 책방의 주인이 되고 재미를 느낄 수 있는 책을 만드는 출판사의 대표까지, 내 역할은 꽤 다양하다. 그만큼 해야 할 일도 많다. 많은 이들로부터 "그 많은 일을 언제 시간을 내서 다 하고, 책도 읽나요?"라는 질문을 종종 받는다. 하지만 나는 늘 내가 감당할 수 있는 범위에서 일을 하고 있다고 생각한다. 중요한 건 일의 양이 아니라 그 일을 감당할 수 있는지 없는지 판단하는 내 '내면의' 목소리다. 실제로 대부분의 사람들이 의식하지 못한 채 도저히 해낼 수 없을 것 같은 일들을 일상적으로 해내며 산다. 해내기 쉽지는 않아도 절대적으로 못 해내는 일의 양이란 없다는 뜻일 것이다. 그저 내면에서 '하기 싫다' 혹은 '못하겠다'는 의견을 낼 뿐이다.

(일함에 있어 내가 생각하는 최고 만렙은 해도 해도 티가 안 나는 집안일을 하면서 육아를 하는 사람이다. 그 자리는 자주 잊히고 무시받기 일쑤지만, 어느 누구에게도 힘들고 어렵고 복잡한 일이 넘쳐 나는 자리이다. 삶에 대한 총체적인 지식이 필요한 자리가 아닐까 한다.)

나는 과학적인 학문인 '약학'을 전공한 사람이지만 의외로 비과학적이라고 여겨지는 것들을 믿는 구석도 있다.

그중 하나가 소위 '촉'이다. 위에서 언급한 '내면의 목소리'의 상식 버전이라고 할 수 있다. 이 촉은 다양하게 분화 가능한데, 나처럼 사람을 아주 많이 만나는 직업을 가진 사람들은 상대방의 '꼴'(겉으로 보이는 모습)을 보고 촉이 오는 경우가 많다. 예를 들면, '아, 이 사람은 설명을 많이 해야 하는 사람이구나', '이 사람은 자세한 설명보다는 핵심만 이야기해야 하는구나', '이 사람은 말을 하면 안 되겠구나(?)'… 이런 거다. 이건 첫인상과는 다르다. 꼴은 단순히 얼굴이나 옷차림 등의 외모가 아닌 그 사람의 모든 것을 포함한다. 처음 문을 여는 순간부터 어느 쪽 통로로 걸어 들어오는지, 어디에서 두리번거리는지, 처음 하는 말이 무엇인지, 눈빛, 시선, 한두 마디를 주고받을 때의 느낌까지 모든 것을 종합하는 것이다.

왜 이런 이야기를 했나 하면 책의 서문 때문이다. 오늘 펼친 철학자 김영민의 책 『인간의 글쓰기, 혹은 글쓰기 너머의 인간』이 내 촉을 자극했다. 서문에 글쓰기에 대한 본인의 생각과 이 두꺼운 책의 전체적인 방향을 이야기했는데, 이건 '금세 읽기 힘들겠지만 재밌겠다'는 촉이 오는 거다. 힘들 걸 알면서도 할 수밖에 없는 일이란 눈가를 촉촉하게 한다. 단순히 글쓰기의 방법이나 비법을 말하는 책이 아니라 복잡하고 다양한 삶을 글쓰기를 통해 어떻게 표현할 수 있을지 고민하는 인문학 책이라 더욱 흥미롭다. 단순, 명료하게 글을 쓰기엔 삶이 너무 복잡하고, 한없이 길게 길게 쓰자니 끝이 나지 않고.

거기다 '삶의 실제적인 모습에 알맞은 글쓰기'를 이야기하는 챕터를 읽고 있으니 내 '꼴'은 어떤지 궁금해졌다. 난 어떤 삶의 꼴을 가지고 있고 또 거기서 나올 수 있는 글은 어떤 것일까? 그렇게 나온 글이 다른 사람에게 도움이 될 수 있을까? 이런 근원적인 고민은 어떤 형태로든 글을 쓰는 사람에게 항상 붙어 다닐 것이다. 수많은 글을 써도 쉽게 해결되지 않을 물음일 것이고. 적어도 나무에게 미안한 마음이 들 글은 쓰지 말아야 하는데…. 그러려면 뽐내기 위해 쓰는 어려운 말이 아닌 재미와 공감이 가득한 나만의 글을 쓸 수 있어야 하겠지.

책방 SNS 계정에 『인간의 글쓰기, 혹은 글쓰기 너머의 인간』을 읽고 있다고 소개했는데 약 600페이지가 넘는 두께를 보고는 다들 그 게시물을 피하는 느낌이다. 그들도 뭔가 촉이 온 건가? 흥미롭다고 하는 댓글에 왜 감정이 실려 있지 않은 것 같지? 기분 탓인가? 이런 책을 좋아하는 사람도 분명히 있겠지? 없나? 있을 거야. 그럴 거야….

산 책

산책을 좋아한다. 그리고 독자들이 '산 책'도 좋아한다(책
사 주셔서 감사합니다).

내 산책의 역사를 거슬러 올라가면 역시나 학창 시절을
빼놓을 수 없다. 특히 중·고등학교 시절 밤이나 새벽 공기
를 마시며 집으로 돌아오던 길의 짧은 산책이 기억난다.
공부를 열심히(?) 하고 돌아오는 길이어서 뿌듯했고, 해가
진 후의 시원한 공기가 폐 깊숙이 들어오면서 만드는 청

량감에 항상 기분이 좋았다. 사실 밤에는 별다른 경치랄 것이 없는데도 가로등과 달, 별, 그리고 어둠이 어우러진 풍경은 나를 차분하게 만들었고, 오늘도 열심히 살았고 무사히 끝났다는 안도감을 안겨 주었다.

이 청량감을 그리워해서인지 대학 시절에도 밤이나 새벽에 자주 산책을 했다. 물론 공부를 열심히 한 뒤 했던 산책과는 다른 의미의 산책이었지만 내가 느끼는 청량감은 같았다. 아니 보다 정확히 이야기하면 청량감'만' 같았다.

KAIST에는 기숙사에서부터 뒤편의 쪽문까지 쭉 이어지는 제법 넓고 긴 도로가 있는데 우리는 이걸 '엔들리스 로드'라고 불렀다. 시답잖게 김민종의 〈엔들리스 러브〉를 불러 젖히며 양손을 핸들에서 뗀 상태로 자전거를 타고 가기도 하고 천천히 걸어서 가기도 했다. 그 길이 끝나면 쪽문을 통해 학교 밖으로 나갈 수 있었고, 그대로 쭉 가면 충남대학교로 이어졌다. 이 길 중간중간에 오락실, DVD방, 노래방, 밥집, 술집이 포진해 있어서 자주 나갈 수밖에 없었다. 목적이 뭐든 학교에서 바깥세상으로 나가는 메인 도로라서 이 길을 자주 이용해야 했는데, 아무래도 낮보다는 밤에 걷는 것이 훨씬 운치 있었고, 여럿이 도란도란 재미있는 이야기를 하며 걷는 것도 좋았지만 혼자 걷는 것이 더 좋았다.

그런 기억들을 돌아보면 나는 혼자 산책하는 걸 정말 좋아하는 사람 같다. 혼자 산책하면 생각이 많아질 것 같지만 오히려 생각이 없어지는 편이라 홀로 떨어져 나온 기분이 그리 좋았나 보다. 사람마다 산책에 부여하는 의미가 다를 것이다. 그럼에도 대부분의 사람들이 산책을 생각의 정리, 복잡함과의 거리 두기, 편안함, 휴식 등과 연결하는 것을 보면 산책은 정신적으로 나를 가꾸는 '정신 운동'이라고 생각해도 되지 않을까 싶다.

오사다 히로시おさだひろし는 『심호흡의 필요』에서 "말을 심호흡한다. 또는, 말로 심호흡한다. 그런 심호흡의 필요를 느꼈을 때, 멈춰서 가만히, 필요한 만큼의 말을 글로 썼다"라고 했다. 나는 그 시절 글을 쓰진 않았지만 산책을 하며 충분한 호흡을 했다. 어지럽던 낮의 말들을 생각하지 않음으로써 정리를 했고, 그로 인해 차분해졌다. 오사다 히로시와 방법의 차이는 있지만 내 나름의 심호흡을 했던 셈이다.

그런데 요즘은 이게 한숨으로 바뀌었다. 내가 차분해지기 위해, 한 번 쉬어 가기 위해서 하는 심호흡마저도 '아, 내가 한숨을 쉬고 있네' 하고 생각하게 되었다. 심호흡이란 이름 자체를 잃어버린 거다. 심호흡과 한숨은 비슷한 과정으로 숨을 들이마시고 내뱉지만 그 차이란 크다. 태도에 있어서 긍정과 부정의 차이로까지 확대할 수 있을 만큼. 이 웃지 못할 사태는 산책을 게을리해서 그런 게 아닌가 싶다. 아니면 우리 책방 손님들이 '산 책'이 적어서인가? (농담입니다.)

대략 4~5년 전까지는 새해 아침에 좀 낮은 산인 안산을 천천히 돌았다. 1년 계획 같은 것을 세우자는 건 아니었고 그냥 평소처럼 걸었다. 그리고 둘레길을 쭉 돌며 경치를 보고, 새해를 힘차게 시작하려는 사람들의 표정을 보고, 그들의 말을 들었다. 잔잔하지만 재미있는 일이었는데 못한 지 꽤 되다 보니 그 느낌을 잊어버렸다. 내년에는 안산에 꼭 가야겠다는 다짐까지는 못 하겠고… 소소한 산책을 좀 즐겨야겠다는 생각은 든다. 짧게라면 좋아하는 밤 시간에 아파트 주위를 천천히 돈다든지 퇴근할 때 어느 지점까지는 걸어간다든지 하는 것 말이다. 이 정도는 몸의 운동은 아니고 마음의 운동일 것이다. 우리 책방 손님들과 이 글을 읽고 있는 모든 분이 산책과 산 책, 모두 즐겼으면 좋겠다. 둘 다 마음의 심호흡임은 분명하니까.

구토스

'구토스'Ghutto's. 정확히 기억은 안 나는데 '口吐水', 이렇게도 썼던 것 같다(중의적인 의미가 있었던 것으로 기억한다). 지금도 있는지는 모르겠으나 내가 KAIST에 다니던 시절 학교 내 랩rap 동아리 이름이다. 회장은 오씨 성을 가진 형이었고, '5ive'라는 센스 있는 이름을 지어서 활동했다. 내 활동명은 형들의 추천으로 결정한 'Mr. great'. 약간 Dr. Dre 같은 걸 모방한 느낌이긴 했는데 당시 나는 이름 짓는 센스가 없어서 추천하는 대로 받아들였다.

나는 이 동아리의 창단 멤버였다. 지금도 그렇지만 힙합이라고는 국내 뮤지션의 음악만 듣고 가요를 더 좋아하는 사람인 내가 랩 동아리의 창단 멤버까지 된 건, 힙합 음악에 대한 엄청난 열정 때문이라기보다는 순수하게 '랩'이 하고 싶어서였다. 사실 진정한 힙합 마니아들과 함께한다는 것만으로도 충분히 설레고 재미있었다.

첫 공연은 매점 앞 공간에 간이 무대를 세우고 했다. 동아리 멤버를 다 합쳐도 10명이 되지 않아서 여러 곡을 하기는 힘든 데다 작곡을 할 장비도 없어서, 기존 음악에 가사만 다시 쓰거나 유명한 곡은 원래 가사대로 부르기도 했다. 단순히 외워서 따라 하는 랩을 하다가 공연 때문에 처음으로 MR을 듣고 느낌대로 가사를 써 봤는데, 그걸 무대에서 들려준다는 건 정말 매력적인 일이었다. 이때부터 내 스타일, 다시 말해 특이한 글쓰기 방식이 생겼다. 음악을 듣고 가사를 쓰는데 그 속도가 매우 빨랐던 것이다. '좋은 거 아닌가?' 생각할 수 있는데, 장단점이 있다. 빠른 글쓰기에서는 분위기를 타는 재밌는 가사가 나올 수는 있지만 소위 뼈를 때리는 깊이 있는 가사가 나올 확률이 줄어든다. 다시 몰두해 봐도 깊이 있는 가사가 안 나오는 내 한계 때문이기도 할 테지만, 아무튼 덕분에 난 Hook(후렴구)을 만드는 일에 자주 참여했다. 진짜 재미있었다. 왜 방한한 해외 유명 스타들이 우리나라 팬들의 '떼창'에 감동을 받는지 알 것 같았다. 많은 사람들이 한목소리로 Hook을 부를 때의 기분이란!

목소리로 하는 랩 공연은 몸으로 하는 춤 공연과는 또 다른 세계였다. 그래서 평소 성격과 다른 용기가 생겼는지 모르겠지만, 기존 음악의 MR이 필요할 때는 직접 원곡 뮤지션에게 부탁을 하기도 했다. 전 X-TEEN의 리더 이희성 씨를 그의 작업실에서 만나 MR CD를 받은 적도 있다. 그런 기억 덕분에 내게 X-TEEN은 남다른 그룹이다. 그런데 얼마 전에 이 그룹의 한 멤버인 허인창 씨가 좋지 않은 이유로 유명세를 탔다. 힙합 경연 프로그램인 〈쇼미더머니〉에서 후배를 배려하지 않고 본인 위주로 곡을 선정하는 모습으로 소위 '꼰대' 평가를 받은 것이다. 내 생각엔 편집의 영향이 상당히 컸을 것 같은데, 여하튼 내 즐거웠던 시절을 함께한 뮤지션이 그런 평가를 받으니 매우 씁쓸했다. '허인창'이라는 이름은 당시 내게, 그리고 그의 팬들에게 빠르고 정확하며 독특한 랩을 하는 래퍼의 대명사였는데…. (젝스키스 4집의 〈그대로 멈춰〉라는 곡에서 허인창의 독특한 랩을 감상할 수 있다.)

세월이 많이 지나 지난날을 떠올리면, 참 아름다웠구나 싶다. 기억의 왜곡이라고 해도 나쁘지 않다. 이런 왜곡이 없다면 삶이 재미없을 거다. 추억은 왜곡되어야 제맛이다. 아팠던 기억은 매우 심하게 아팠던 것으로, 좋았던 기억은 무지막지하게 좋았던 것으로. 이런 극대화가 현재를 끌어가는 힘이라고 생각한다. 아팠던 기억은 되풀이하지 않기 위해 조심하게 만들고, 좋았던 기억은 나이 들어서도 떠올리며 웃을 수 있으니까.

구토스에 대한 기억은 좋은 기억뿐인데(왜곡인가?), 그 중에서도 공연 전에 각자 파트를 정하고 가사를 써 와서 함께 들어보던 일이 제일 좋았던 기억으로 남아 있다. 파트는 다르지만 같은 음악을 듣고 다른 느낌의 가사가 나온다는 것이 신기했고, 이런 조각조각이 맞춰져서 하나의 곡이 된다는 점이 무척 인상적이었다. 이 얼마나 창의적인 일인가!

구토스는 신생 동아리이기도 했고, 교내 밴드 동아리인 '인피니트'나 '강적'에 밀려서 엄청난 인기를 끌지는 않았지만, 내가 좋아하는 걸 그걸 좋아하는 사람들에게 들려

줄 수 있다는 것만으로도 대학 생활의 활력이 되어 주었다. 여담인데 이때 밴드 동아리에는 '페퍼톤스' 멤버인 이장원 씨와 신재평 씨가 있었다.

대학 축제 기간에 쓴 가사가 있다. "숙제는 숙제고, 축제는 축제다." 단순하지만 동아리 사람들로부터 상당한 호응을 받았던 기억에 지금도 잊지 않고 있다. 이걸 지금 버전으로 바꿔 볼 수 있을까? "코로나는 코로나고, 모로 가도 인생이다." 지금의 기억이 언젠가 좋게 '왜곡'될 날이 올 거라 믿는다.

DDR

DDR^{Dance Dance Revolution}이 뉴트로 감성으로 근래 다시 관심을 받고 있지만 한동안 퇴물 취급을 받은 것이 사실이다. 하지만 내가 학교를 다니던 시절에는 핫한 지역의 오락실엔 늘 DDR이 있었다. 화려한 발재간과 민망한 손기술도 쓸 수 있는 그 시절 인싸들의 놀이터. 우리나라 음악이 주로 들어 있는 PUMP가 나오기 전에는 온 세상이 DDR 열풍이었다. 다이어트를 위해 집 안에서 쓸 수 있는 장판 재

질로 된 DDR 발판이 나오기도 했는데, 그걸로 미리 연습을 하고는 오락실에서는 단 500원으로 중간에 틀려서 끊기는 일 따위는 없는 위용을 뽐내기도 했다.

DDR을 잘하는 사람들은 두 부류가 있었는데, 한 부류는 음악을 즐기며 부드러운 몸놀림과 과하지 않은 퍼포먼스를 보여 주는 부류고, 다른 부류는 주로 빠른 음악을 선택하고 허리 뒤쪽에 위치한 지지대를 손으로 잡고 양 발로 '와다다다다' 발판을 밟는 부류였다. 보는 입장에서는 어느 쪽이든 다 신기해서 재미있는 구경거리였다.

대학 시절에 만난 친구도 이런 음악 게임을 좋아해서 우리는 항상 2인용 게임을 함께 했다. 한때는 이 게임기가 KAIST에서 충남대로 넘어가는 쪽인 궁동(궁둥이 아님)의 오락실에만 있어서 자전거를 타고 거기까지 가서 게임을 하곤 했다. 우리의 화려한 발재간은 몇 번 지나지 않아 이목을 끌기 시작했고, 갤러리들의 눈빛은 우리가 DDR 발판을 손바닥으로 찍어 주길 바랐다(여자들이 세배하는 듯한 자세로 고급기술이다). 하지만 우리의 게임 가치관은 확고해서 발로 하는 게임기를 손으로 때릴 수는 없었다. '와다다다다' 하는 부류가 될지언정 그럴 수는 없는 것이었다.

이 발재간은 이름이 기억나지 않는 모 대학교의 축제에

서 빛을 발했다. 앞의 내 게임 파트너와는 달리 DDR을 하지 않는 또 다른 친구와 나는 늘 그러하듯 열심히 캠퍼스를 돌아다니며 우와 신기하다, 우와 멋지다, 우와 재밌겠다를 연발했다. 술을 좋아하지 않아서 주점들은 구경하지 않았고, 그 대신 물풍선을 던지며 스트레스를 푸는 게임 등의 이벤트 앞에서 잠시 머물곤 했다. 그렇게 이곳저곳을 돌아다니고 있는데, 마이크를 타고 안내 멘트가 흘러나왔다. "자, 지금부터 게릴라 이벤트를 진행하겠습니다. 댄싱킹을 찾아라!" 아유 재밌겠다며 리액션을 장착하고 찾아간 장소에는 DDR 기계가 웅장하게 서 있었다. 어라? 막춤 대회가 아니네? DDR이라면 지원해야지! 용감하게 현장 지원한 나는 당당히 2위를 거머쥐었고, 아쉽지만 당시에 받은 상품은 기억이 안 난다. 기뻐하며 뭔가를 받긴 했는데 그때의 기분만 기억이 난다(이건 기억이 나는 것인가 안 나는 것인가).

요즘에도 가끔 오락실에 들어가 본다. 이제 DDR은 잘 없고 PUMP만 있다. 신제품에 의한 자연스러운 세대교체이기도 하고, 우리나라 가요를 들으며 게임을 하는 게 더 익숙하기 때문이기도 할 것이다. 사실 나도 DDR이 처음 나왔을 때 우리나라 가요가 콘텐츠인 기계가 나오면 좋겠다고 생각하긴 했다. 특허 때문인지 PUMP는 DDR과 발판의 형태가 달랐지만 가요가 나오니까 좀 더 다양한 재미를 느낄 수 있어서 좋았던 것도 사실이다.

언제부터인지는 모르지만 점차 DDR이나 PUMP를 하는 사람이 줄어들었고, 마니아층만이 발로 독특한 코드를 넣고 모드(미러 모드랄지, 리버스 모드랄지)를 바꿔서 하기 시작했다. 게임에서 멀어지거나 마니아가 되거나. 완벽히 양극화가 된 것이다. 이건 대부분 즐길 거리들의 에이징ag-ing 과정이긴 한데 어떤 시절을 사물에 투영해서 회상하는 사람들에게는 분명 아쉬운 점이다. 추억을 되살리는 이름들의 나이 먹는 과정.

대학 시절 날리던(?) 나조차도 지금 이 나이에 오락실에서 선뜻 PUMP를 즐기기는 쉽지 않더라. 내가 하던 것과 달라진 인터페이스나 콘텐츠 때문이기도 하지만 사실, '이 나이에 내가?' 하는 마음이 더 크다. 저걸 하면 십중팔구 땀이 날 것이고(땀이 잘 나는 체질) 그러면 옷이 촉촉해질 것이며 집에 갈 때까지 찝찝할 거고 애도 안고 다녀야 하고… 무엇보다 PUMP를 하고 난 뒤에 해야 할 일이 너무 많다. 그런데 여기서 정말 무서운 건, 정작 나는 안 하면서 뒤에 서서 '평'을 하고 있더라는 거다. 저 사람은 이렇네 저렇네 하며. 소오름! 나도 라떼 세대가 된 것인가. 이것도 자연스러운 에이징 과정인가? 아냐, 아닐 거야. 원래 누구나 뒤에서 평은 할 수 있잖아요?

예전엔 DDR 위에서 스텝을 참 잘 밟았는데 요즘은 나이를 먹어서 그런지 스텝에 인색하다. 뭔가 빠르게 발을 옮겨 다니면 방정맞은 느낌이 들기도 하고 어색하다. 그렇지만 마음만은 스테퍼stepper임이 분명하다. 우리 아이가 좋아하는 만화인 〈마샤와 곰〉에서 마샤는 잠자리채를 가지고 잡히지도 않는 나비를 항상 쫓아다니는 귀여운 모습을 보이는데, 그 모습은 DDR의 최고 인기곡인 '아이야이야~'의 'butterfly'를 연상시킨다. 그래서 그 장면을 볼 때마다 스텝을 밟는 내 모습을 떠올리며 미소 짓게 된다. 물론 잠시 그러다 곧 아이가 잡을 수 있도록 손으로 나비 모양을 만들어서 이리저리 도망 다니기 바쁘다. 역시 내가 스텝을 밟을 곳은 밤 8시 이후 문 닫은 약국뿐이야….

돈가스

재수를 한 번 했다. 엄밀히 따지면 재수는 아니지만 새로운 대학으로 옮겨 가기 위해 준비하는 것까지 재수로 생각한다면, 그렇다.

고심 끝에 KAIST를 그만두기로 했다. KAIST를 잘 다니다가 약학으로 전공을 바꾸기로 한 건 나에게도, 주변인에게도 정말 파격적인 결정이었다. 그런 결심을 하게 된 이유를 들자면 많은데, 일단 순수과학이 내 예상보다 재미가 없었다. 전공이 세분화되기 전이었고 단순히 생물이라는 과목이 좋아서 생물학과에 갔는데 웬걸, 생물학과는 전쟁터였다. 영어 원서 전쟁터. 한국에서 태어난 사람이면 중·고등학교를 거치는 동안 어느 정도의 주입식 독해 능력을 가지게 된다. 나는 그때까지 외국에 나가 본 적이 없고 영어는 보통 수준이었는데 생물학과에는 원어민에 가깝거나 외국에서 살다 온 학생들이 넘쳐났다. 나의 절망감은 이루 말로 표현할 수가 없었다. 내가 1시간 걸려서 읽는 분량을 그들은 30분 이내에 끝냈고, 그 차이는 페이지 수가 늘어날수록 점점 벌어졌다. 이 차이는 생물학과에 대한 적성 고민을 하게 만들었고 순수과학이 내 적성에 안 맞다는 것을 깨닫게 했다. 더욱이 내가 느끼는 그들과 나 사이의 문화 차이도 상당해서 아이들과 쉽게 친해지거나 어울리지 못했다. 그런 와중에 본가 윗집에 사는 아주머니를 통해 약사가 된 딸의 삶을 듣게 되었고, 그건 다시 약대에 진학해야겠다는 결심을 낳았다. 내가 들은 약사의 삶이란, 자랑하는 이와 그 자랑을 듣는 이에겐 참 꿀 같았다(그 이야기를 듣지 말았어야 했는데…).

어쨌든 나는 약대를 목표로 수능을 '처음' 치기로 했다. KAIST에 진학할 때는 고등학교 내신 성적과 토플 점수를 토대로 심층 면접만 보고 들어간 거라 수능은 처음이었다. 게다가 과학 고등학교는 특성상 국어, 역사, 사회 등에 할당된 수업 시간이 상당히 적어서 나는 이 사태를 해결해야 했다. 그래서 찾은 방법은 종합 입시 학원에 다니는 것이었다. 이미 여름방학이 시작된 8월이라 모든 과목의 진도를 한 바퀴 이상 돌렸어야 할 시점이었다. 당연히 내 수준으로 들어갈 수 있는 반은 없었고, 결국 기초부터 가르쳐 주는 예체능 반에 들어갔다. 열심히 했다. 아침 8시에 학원에 도착해서 밤 9시까지 밥 먹는 시간 빼고 공부만 했다. 그렇게 공부를 했으면 서울대를… 아, 아니지.

이때 내 눈물의 인생 음식 중 하나인 돈가스를 만나게 되었다. 당시 학원 옆에 조그만 분식집이 하나 있었는데 밥 먹는 시간도 아까웠던 나는 항상 돈가스를 먹었다. 메뉴 고르는 시간도 아까울 지경이었다. 2000년대 초반에는 일본식 두툼한 돈카츠나 다양한 재료가 첨가된 돈가스가 많지 않기도 했고, 일단 그 분식집에는 없었다. 그곳에서는 덩어리째 나오는 햄버거 패티 비슷한 돈가스만 먹을 수 있었다. 학원 생활을 거의 3개월간 하면서 하루도 빠짐없이 돈가스를 먹었다. 아니 돈가스만 먹었다. 안 믿기겠지만 사실이다. 심지어 맛있게 먹었다. 어느 때부터인가 내가 들어가면 아무 말 없이 돈가스를 내어주신 사장님. 정말 감사하다. 무척 암울한 시기를 맞난 돈가스로 버텼다고 해도 과언이 아니다. 훗날 그 학원 근처에 가 봤는데 분식집은커녕 학원도 없어져서 아쉬웠다.

'인생은 음식이 전부다'라는 이야기를 하려는 건 아니고, '재수는 내 인생 음식을 찾아주었다'도 아니다. 다만 돈가스를 보면 그 시절이 떠오른다. 정말 힘들고 암울했지만 맛있는 음식이 있어서 버틸 수 있었던 그때 말이다. 그 시절을 생각하니 중학교 시절 친구도 떠오른다. 중학교 때부터 절친이었던 그 친구는 군대를 가기 전에 학원으로 찾아와서 만난 적이 있다. 나에게 힘들지 않냐고 물어봐 준 유일한 친구다. 덕분에 그는… 내게 문제집을 억지로 사 주고 군대를 갔다. (뭐 사 줄 거 있냐는 말에 문제집이나 사 달라고 했다, 내가.) 이 친구랑 언제 돈가스 한번 먹어야 하는데.

BMW

'BMW'는 이름 짓기의 매우 초창기 작품이자 흑역사라고 할 수도 있겠다. 이는 동아리 이름이다. 이름만 보고는 "자동차를 좋아하는 동아리인가?"를 시작으로, 'Break My Window'를 생각한 사람들은 사상 동아리냐고 묻기도 했다. 다 아니다. 정답은 댄스 동아리이다.

BMW는 'Basic Movers Work'의 줄임말이다. '아직 부족한 초보 댄서들이 함께 한다'는 의미인데, 문법에 맞는지 어떤지 모르지만 당시 우리 심정을 정확하게 표현한 거였다. '지금은 좋아하는 춤을 즐기면서 학창 시절을 잘 보내고, 나중에 성공해서 BMW 타고 다니자'라는 의미이 기도 했는데 과연…. 당시 동아리 회원들이 이 의미를 알 고는 있었는지 모르겠다. 정확히 말해 준 적이 있는지도 기억이 가물가물하다.

이 동아리는 부산대학교 약학대학 재학 시절, 나를 포 함해서 춤을 좋아하는 약대 학생들이 모여 만든 것으로, 그러니까 대략 20년 전에 만들어졌다. 물론 춤을 잘 춰서 만든 건 절대 아니다. 어릴 때부터 남몰래 춤을 좋아했지 만 배워 본 적은 없었는데 대학 2학년 여름방학 때 2개월 정도 용기를 내서 당시엔 찾기도 쉽지 않았던 댄스 아카 데미를 다녔다. 나는 또 재밌는 건 뽕을 뽑아야 하는 사람 이라 수업이 없는 날에도 가서 음악 켜 놓고 놀곤 했다. 그 러다가 개강을 하고 보니 학교에서도 함께 재미를 느낄 사람들이 있으면 좋겠다고 생각하게 되었다. 당시 4년제 인 약학대학은 특성상 댄스 동아리나 밴드 동아리 등이 잘 없었다. 우선 4년간 이수해야 할 학점이 타 과보다 많 은 데다, 춤 동아리이니 연습 장소가 필요한데 장소를 찾 기가 힘들고, 연습에 시간을 많이 할애해야 하는 동아리라 회원을 모으기도 쉽지 않기 때문이었다. 그래서 공연을 하는 동아리들은 거의 노래 위주였다. (그중 풍물 동아리 하나는 놀랍게도 지속적으로 회원이 유입되고 공연도 했었다.)

휘성의 'with me'가 인기를 끌던 시기로 기억하는데 사용하지 않는 강의실에 소심한 공지로 모집한 5명인가 6명인가가 모여서 음악을 들으며 up&down을 했다. 그게 첫 모임이었다. 'up&down'은 쉽게 말하면 춤의 걸음마로, 드럼 박자에 맞춰서 가볍게 걸으며 정박자를 맞추는 연습이다. 나는 느슨한 구석이 많지만 무언가를 시작할 때 기본은 꼭 다지고 가야 하는 타입이라 댄스 동아리라고 해서 첫 모임에 바로 안무를 따거나 장르적인 동작을 공유하는 건 절대 생각할 수 없는 일이었다. 또한 up&down을 꾸준히 해야 박자를 잘 맞출 수 있고 나중엔 본인만의 그루브도 생기게 된다(고 생각한다). 첫 모임부터 안무를 배우고 동작을 연습할 줄 알았던 한둘은 그 모임 이후 나오지 않았다. 생각했던 것과 너무 다르기도 하고, 기본 동작조차 쉽지 않으니 이건 뭐 이제 막 입소한 훈련병 심정이었을 거다. 재미도 없을 거 같고. 충분히 이해한다.

그렇게 모인 우리는 소수였고, '특이한 애들'로 불렸다. 대부분의 학생들이 다소곳이 강의를 듣고 공부하는 분위기인 곳에서 우리는 당연히 독특한 애들로 생각되었을 거다. 이 특이한 애들은, 없는 시간을 쪼개고 쪼개서 연습을 했고, '녹향제'라는 약대 축제에서 보아의 〈아틀란티스 소녀〉로 첫 무대를 가졌다. 남자 멤버가 부족해서 알고 지내던 동생을 객원 멤버로 불렀을 만큼 우리는 진심이었다. 춤을 잘 추고 못 추고를 떠나서 그 무대는 엄청난 환호를 받았던 기억이 난다. 약대 내에 댄스 동아리는 있을 수 없고, 공연까지 한다는 건 거의 불가능하다고 생각해서 시도조차 하지 않던 것을 우리는 해냈다. 이 짜릿함은 도전하는 사람만이 알 수 있다. 해 보고 싶은 게 있다면 그냥 하면 된다. 일단 하면, 그 과정에 기쁨이 있다. 따라오는 결과가 어떻든 간에 내가, 우리가 만든 기쁨이다.

동네책방 대표 중 한 명으로 EBS 라디오의 〈윤고은의 북까페〉와 전화 인터뷰를 한 적이 있는데, 한 청취자가 "저 박홀릉 대표와 같은 학교 동기인데요! 저분 춤도 잘 추고…"라는 문자를 보냈다. 그 순간, BMW 동아리에 관한 기억이 스치듯 휙 지나갔다. '그래, 난 대학교 때도 특이한 거 많이 했지. 지금도 우리나라에 둘도 없는 약국 안의 책방을 하며 전화 인터뷰를 하고 있네. 나도 참 특이하다'라는 생각을 하다가 생방송 중에 한 2초간 말을 못 했다. 갑작스레 밝혀진 과거에 당황하기도 했고.

　이런저런 시도를 할 수 있었던 건, 내가 특별히 도전적이거나 역경을 잘 이겨 내는 사람이어서가 절대 아니다. 나는 한없이 소심하고 낯도 가리고 역경의 'ㅇ'만 보여도 일단 피하는 사람이다. 그런 내가 남들에게 '특이해' 보이는 일들을 할 수 있는 건, 좋아하는 일이라면 한번쯤 시도해 볼 만하다고 생각하기 때문이다. '도전'이라는 거창한 말로 포장할 필요 없다. 그냥 조용히 하면 된다. 시끄러울 필요가 없다. 그냥 하면서 즐기는 것, 그게 내가 사는 방식이다. 아무도 안 했던 거라면, 가족을 제외한 주위 모든 사람이 응원해 줄 것이다. 가족이 초기부터 알면 잔소리 폭탄이 수시로 떨어지니 그 과정만 잘 넘기거나 잘 숨기자. 그게 바로 키포인트다. 잘 숨겨요, 꼭꼭.

　내가 알기로는 문보영 시인이 춤을 좋아하고 잘 춘다. 그래서 언젠가 문보영 시인과 출판계 댄스 콜라보나 챌린지 한번 하고 싶다는 생각을 가끔 한다. 저 부끄럼 많이 타니까 일단 문보영 시인이 먼저 해 줘요. 제가 나이 더 많잖아요. 오늘 비가 오니 앉았다 일어나는 데도 시간이 오래 걸리네요. 나이 어드밴티지 좀 부탁합니다. 라떼 박홀롱 올림.

춤

춤 이야기가 나왔으니 춤 이야기를 좀 더 해야겠다. 우리 민족은 예로부터 노래와 춤에 능하다고 하였다. 어디서 들었는지는 딱히 기억나지 않지만, 주변을 조금만 휘휘 둘러봐도 수많은 사례를 수집할 수 있다. 특히나 음주와 가무의 조합은 화룡점정이라 그 행위를 '음주가무'라는 4자성어급의 이름 짓기에 이르렀다. 그 민족 전통에 따라 나도 춤과 노래에 매우 관심이 많다. 아니, 많았다.

내 기억에 나의 첫 춤은 초등학교 수학여행에서였다. 잼의 〈난 멈추지 않는다〉가 히트를 칠 때였는데 당시 여자애들이 춤을 잘 추고 동작을 잘 따라 했었다. 부러웠다. 하지만 나에게도 나만의 흥이 있으니 밖으로 발산하지 않았을 뿐 그 자리에 그대로 서서 조용히 내적 흥을 방출했다. 중학교 수학여행 때는 무대에 올라갔다. 그때는 좀 더 적극적으로, 한 반에 한 명씩은 꼭 있는 '댄싱 머신'에게 전수받은 춤을 〈컴백홈〉 간주에 맞춰 췄었다. 고등학교 때도 빠질 수 없지. 이때는 더 적극적으로 절친 한 명을 꼬드겨서 내가 춤을 알려 주고 젝스키스의 〈로드 파이터〉와 터보의 〈사이버 러버〉를 추기에 이르렀다. (물론 안무대로 추는 게 아닙니다.)

대학에서는 어땠을까. 똑같았다. 엄청 잘 추는 건 아니었지만, 여전히 춤에 관심이 많았고 춤을 좋아했다. 그런데 대학 동아리는 분위기가 조금 달랐다. 중·고등학교 시절과는 다르게 '즐기는' 춤이 아니라 '뽐내는' 춤을 추었다. 뭐 즐기면서 뽐내면 되지 않느냐고 반문할 수 있겠지만 보통의 사람은 그게 안 된다. 뽐낼 정도가 되면 즐길 수 있지 즐기기만 해서는 뽐낼 수 없다. 즐김의 기준은 춤을 추는 본인에게 있지만 뽐냄은 남의 눈을 신경 쓸 수밖에 없기 때문이다. 여하튼 나는 KAIST에서는 춤을 포기했다. 잘 추는 이들에 비하자면 나는 '열정'만 있는 사람이었고, 이건 마치 공식도 모르면서 난해한 수학 문제를 내 느낌 대로 풀려 한다는 기분이었다. (아, 정답지 들춰보고 싶어.)

그 뒤로 약대에서 BMW를 만들기 전까지 춤은 철저히 혼자만의 즐거움이 되었다. 하지만 그것을 놓지는 않았다. 여기서 말하는 '놓지 않았다'는 건, 항상 마음속에 두고 여유가 있을 때마다 꺼내 보았다는 뜻이다. 대학 입학 이후 20년이란 세월이 흐르는 동안 몸으로는 잊은 적이 있어도 마음으로는 잊은 적이 없다. 매우 비장하지 않은 가? (이렇게 공부를 했다면 서울대를….) 누군가는 그것을 '꾸준함'이라고 말한다. 그렇다. 난 천재 스타일의 타고난 사람이 아니고 노력형이자 대기만성형이라 단기간에 뭘 이뤄 내기가 쉽지 않다. 그래서 내가 할 수 있는 꾸준함을 택했다. 내가 좋아하는 것을 즐기기 위해 꾸준하려고 노력했다.

『아무튼, 스윙』의 김선영 작가는 나와 비슷한 인생 과정을 겪었다. 대학에 다닐 때 푹 빠져 있던 '스윙'이라는 춤을 취업과 사회생활로 거의 10년간 놓고 살았다. 여기까지는 대부분의 사람들이 '한때 나도 그랬지' 하는 패턴과 똑같다. 하지만 그녀는 마음에서까지 '스윙'을 놓은 건 아니었다. 나이를 먹고 몸도 대학 때와는 다른 반응과 습득 속도를 보이지만 최근 마음이 맞는 직장 동료와 다시 춤을 추기 시작했다는 내용이 책에 담겨 있었다. 그런 용기를 낸 김선영 작가는 정말 행복해 보였다. 마음과 몸을 모두 써서 본인이 좋아하는 것을 하는 모습에, 책을 읽으며 정말 많은 박수를 보냈다. 그 용기와 꾸준함이란, 내가 추구하는 그것과 같지 않은가!

항상 생각한다. 누군가처럼 하루에 1시간씩 10년을 할 수 없다면, 나는 하루에 5분씩 20년을 하겠다고. 그러면 그 사람과 같아지지는 않더라도 적어도 나 자신에게 부끄럽지는 않은 '꾸준함'을 유지하는 거라고. 시간이 없다는 것은 핑계일 뿐이라고. 그만큼 나는 춤이 좋다.

약국 문을 닫은 저녁 8시 이후, 하루 마감을 하며 혼자만의 댄스 타임을 갖는다. 사실 긴 하루가 드디어 끝났다는 생각에 몹시 기분이 좋아져 내적 댄스라도 추고 싶은 마음이기도 해서 그것을 표현하는 거다. 라디오에서 내가 좋아하는 음악이 나오면 가끔은 빠르게 또 가끔은 느리게, 가사를 안다면 노래를 흥얼거리면서, 즐겁게! 둠칫둠칫! 지금 이 시점에 소박하게 바라는 것이 있다면, 나중에

딸이 20대가 되었을 때 나와 함께 춤을 출 수 있으면 좋겠다는 것. 내 몸짓이 세련되지는 않더라도 꾸준함을 바탕으로 딸과 함께 할 수 있는 게 있다면 충분히 마음으로 즐길 수 있을 것 같다. 아니, 뽐낼 수 있을 것 같다.

'춤'이라는 이름은 나에게는 꾸준함이고 희망이다. 이 글을 읽는 당신에게는 이런 꾸준한 마음을 갖게 하는 무언가가 있는지 문득 궁금하다.

레이드 백

‘레이드 백’laid back은 음악 연주에서 많이 쓰는 용어로 정박자보다 약간 뒤로 밀어서 좀 더 느긋하고 편안한 분위기를 느끼게 하는 것을 뜻한다. 레이드 백을 알게 된 건 어김없이 춤바람이 났던 시절이다(모든 사물과 사람, 상황에서 배울 게 있다고 했던가).

1960년대 음악 장르 중에 ‘부갈루’boogaloo가 있는데 팝핀popping이라는 춤 장르를 아는 사람들은 들어본 단어일 수 있다. 부갈루 샘Boogaloo Sam에 의해서 정립된 춤 장르 중 하나도 '부갈루'라고 부른다. 사실 춤이란 게 어떤 음악에도 출 수 있는 것이라 꼭 저 음악 장르에서 파생된 것이라고 볼 수는 없지만 이름이 같으니 영향이 있는 것은 분명해 보인다.

부갈루 댄스는 흐느적거리기도 하고, 몸으로 각을 만들어 포즈를 잡기도 하고, 근육을 이용해 팝핀을 하기도 하며 주로 펑크funk 장르의 음악을 타는데, 아무튼 부갈루가 팝핀을 만나면서 더 널리 알려진 건 확실한 것 같다. 이 두 가지가 같이 발전해 온 만큼 90년대 우리나라에서는 주로 느린 펑크 음악에 맞춰 많이 췄다. 그때는 사실 팝핀을 각기, 꺾기 등으로 부르고 '팝핀'이라고 부르지도 않았다. 요즘엔 박자를 맞추고 쪼개는 데 강점이 있는 팝핀이 더 발전해서 일렉트릭 음악(주로 펑크를 일렉트릭 장르로 편곡한 것들)에 맞춰 추기도 한다.

여하튼 이런 장르들은 흑인 특유의 분위기를 따라가기가 힘든데, 그래서인지 나는 이 음악과 춤을 경험하면서 재즈도 떠올랐다. 흑인 특유의 여유와 리듬감을 생각하면 자연스럽게 연상되는 것이라서 그런가 보다. 하긴 춤 하면 흑인의 feel이 필요이지.

레이드 백은 부갈루 댄스를 포함해 넓은 의미에서 팝핀 댄스와 각종 춤에 쓰인다. 이런 춤들에서는 정박의 약간 뒤쪽에 박자를 맞추는 걸 멋지다고 생각한다. 그만큼 여유가 있다는 의미이기 때문이다. '아니, 드럼 비트는 1초도 안 되어서 지나가는데 그 짧은 순간에 그걸 어떻게 듣고, 어떻게 쪼개서, 어떻게 뒤에다 박자를 맞추라는 거지?' 도저히 머리로는 이해가 안 된다. 또 이게 되게 애매한 것이 자칫 조금이라도 늦게 박자를 맞추면 박자를 놓친 셈이 되기 때문에 고도의 집중력이 필요하거나, 고도의 훈련이 필요하거나, 고도로 타고 나야 한다. 이 무슨 '고도를 기다리며' 스트레스 호르몬의 생성이란 말인가. 기분 좋으라고 듣는 음악과 발랄한 춤에서 이런 걸 생각해야 한다니! 내부에서 아주 극심한 반감이 꿈틀거린다. (내가 못해서 그러는 것 맞다.)

그런데 사회생활을 하면 할수록 이 '레이드 백'이라는 게 우리에게 여유를 보여 주는 것이 아닌가 하는 생각이 든다. 음악을 하는 이들에게는 전문적인 기술일 테지만, 그렇지 않은 사람에게는 반대급부로 '박자 좀 안 맞으면 어때? 내가 전문가도 아니고 즐기면 되는 거지'라는 생각을 가능하게 하는 마법의 이름인 것이다. 이건 '잘한다',

'못한다'의 개념이 아닌 게 되는 거다. 전국 노래자랑에서 흥겹게 춤추는 할머니, 할아버지들을 보면 어떤가? '아유, 흥은 충만한데 춤은 못 추시네'라는 생각이 들지는 않을 거다.

인생을 음악에 비유하자면, 빠른 박자도 있고 느린 박자도 있기 마련이다. 우리도 이 인생이 처음이라 그때그때 처음 듣는 박자를 타야 하는데, 그 모든 박자를 다 제대로 맞출 수는 없다. 또한 그럴 필요도 없다. 설사 놓치더라도 느긋하게 다음 박자를 타는 것이 중요하다. 그거였다. 레이드 백의 진정한 의미란.

나는 이걸 30대 후반이 되고서야 알았다. 인생이란 게 오락실의 PUMP나 DDR처럼 단기간에 끝나는 게임도 아닌데, 나는 뒤돌아보지 않고 뛰어다녔다. 목표를 설정해두고 그것에 도달하지 못하면 세상이 끝난 것 같았고, 혹시라도 목표에 근접하면 세상이 내 것 같았다. 인생 몸치였던 거지. 지금도 엄청나게 다르진 않지만, 그래도 달라진 게 있다면 10번 중 3번은 '레이드 백' 할 수 있는 마음을 가지게 되었다는 거다. 여전히 7번은 정박에 맞추려고 애쓰고 그러다 살짝만 어긋나도 괴로운 게 사실이지만, 이것 역시 나이를 먹으며 조금 더 여유가 생길 거라고 믿고 있다.

고도로 훈련하지 않더라도 알아서 찾아가는 내 인생의 박자. 이건 치밀한 계획과 목표 의식으로 생기는 게 아니다. 그냥, 느껴야 한다. 그런 의미에서 오늘 밤엔 막춤 어때요? 막 춰도 아마 2번은 박자가 맞을 거예요. 인생도 마찬가지랍니다.

자 딕 앤

볼 테 르

갑작스런 볼테르Voltaire의 등판. 그는 18세기의 계몽사상가
이자 작가로 비판적이고 깊은 사고를 내뿜은 덕에 꽤 유
명하다.『캉디드』,『철학편지』등의 작품을 떠올릴 수 있
는데, 물론 고전 문학을 좋아하거나 볼테르의 사상을 좋
아하는 사람에게 국한된 이야기다. 나 또한 볼테르의 작
품을 많이 알지는 못한다.「자디그」라는 작품에 대해서 알
게 된 것도 얼마 되지 않았는데, 피에르 바야르Pierre Bayard가

쓴 『예상 표절』이라는 책을 통해서다. 이 책은 '표절'의 개념을 과거의 것을 베끼는 '고전적 표절'의 범위에서 벗어나 미래의 작가에게서 영감을 얻은 '예상 표절'에 대해서도 생각해 보자는 의도를 담고 있다. 문학과 예술에 대한 확장된 사고를 갖자는 의미로 생각된다.

피에르 바야르는, 볼테르가 그의 가장 유명한 꽁트 중 하나인 「자디그」에서 19세기 작가 코난 도일Arthur Conan Doyle의 셜록 홈즈Sherlock Holmes를 '예상 표절'했다고 주장한다. 주인공 자디그의 추론 방식이 그 시절의 고전적인 인과 관계를 따르는 것이 아니라 먼 훗날 정형화되는 '역방향 논증'을 따르기 때문이라는 것이다. 볼테르의 시대에서는 전혀 볼 수 없는 방식의 논증이고, 그 증거로 「자디그」 내에서도 코난 도일을 예상 표절한 부분만 '부조화스럽다'고 말한다. 누구나 봐도 알 수 있을 만큼.

내 생각에, 실제로 볼테르가 타임머신 표절을 했든 아니든 간에 중요한 것은 그 작품들을 연결시켜 생각해 보는 시도이자 관점이다. 어디든 크게 다르지 않았겠지만 프랑스에서도 항상 비슷비슷한 문학적 시도가 계속되다 보니 슬럼프가 찾아왔을 때 탈출할 수 있는 방법이 딱히 없었다. 따라서 프랑스 문학계에서 '울리포'(울리포는 바로 다음 글에 나옵니다)는 아주 중요한 역할을 했다고 생각한다. 울리포 덕분에 정체기를 벗어난 것은 아니겠지만 누구도 생각하지 못한 것을 시도했다는 점에서 그 촉매가 된 것은 사실이다.

이야기가 옆으로 샜는데(내 전공이다), 자디그와 볼테르는 작가의 가장 유명한 꽁트와 작가 본인의 관계이기도 하면서 후세에 재미난 관점을 제공하는 관계라고 할 수 있다. 나는 이런 재미난 관계를 좋아한다. 누군가(혹은 무언가)를 대표하면서 동시에 또 다른 것을 내포한 일종의 대명사. 마치 '이벤트'와 '아독방'의 관계처럼 말이다.

아독방은 약국에서 시작한 숍인숍 책방으로 오프라인 매장임에도 불구하고 처음엔 온라인 이벤트만 진행했다. 온라인이 더 시장성이 있어서가 아니라 책방 사장이 낯을 가려서 오프라인 이벤트를 못했다. 그래서 온라인상에서는 '아독방=이벤트'로 회자되기도 한다. 그렇다고 아독방을 생각하면 이벤트만 떠오르는 건 아닐 거다. '재미', '특이함', '창의적'이라는 것까지 내포할 수 있다고 생각한다.

이왕 옆으로 샌 김에 좀 더 새 보자면, '볼테르'는 그의 본명이 아니다. 본명은 프랑수아 마리 아루에Franois Marie Arouet이다. 당시는 시 문학을 높게 쳐 주던 시기라 그는 '볼테르'라는 필명으로 소설을 썼고, 그렇게 몰래 쓴 소설이 「캉디드」와 「자디그」이다. 그런데 그 작품들과 필명이 더 유명해졌다! 이 얼마나 재미있는 일인가.

최근에 정말 놀라운 사실을 하나 발견했다. 의외로 이 '볼테르'라는 이름은 우리 가까이, 그러나 우리가 (아니 내가) 모르는 곳에 예쁘게 전시되어 있었다. 바로 백화점 2층에! '자딕 앤 볼테르'(Zadig & Voltaire)라는 옷 브랜드가 있었다니. 정말 너무 놀라서 휴대폰을 떨어뜨릴 뻔했다. 역시, 사람은 아는 만큼 보이나 봐. 백화점을 자주 다녀야 하나….

울리포

프랑스는 예술의 나라답게 문학계에서도 많은 유명 작가를 배출했다. 그런 프랑스 문학계에도 정체기가 있었는데 바로 그 시절에 활동한 단체가 있다. '잠재문학작업실'이라고 불리는 '울리포'Ouvroir Litterature Potentielle, OuLiPo다.

나는 울리포를 '동아리' 혹은 '반상회'라고 생각한다. 왜냐하면 이곳이 전혀 '문학스럽지' 않기 때문이다. 이 단체는 이것이 과연 문학에서 가능한가 싶은 다양한 문학적

실험을 많이 했다. 언어적 유희를 끌어내고, 문학과 수학/과학을 접목했으며, 심지어 표절에 관한 심도 있는 실험을 하기도 했다. '문학'이라고 하면 뭔가 진지하고 고상하며, 문학적 이론(기승전결 같은)이 정해져 있다는 이미지 때문에 다소 억눌린 느낌이 강한데 이런 선입견을 부수는, 이 얼마나 참신한 동아리인가? 재미에만 치중하고, 몰사회적이라는 비판을 받기도 했지만.

울리포에 속한 작가들 중 내가 접한 작가는 조르주 페렉Georges Perec과 레몽 크노Raymond Queneau이다. 조르주 페렉의 작품으로는 르노도 상*을 받은 『사물들』과 자전적 소설인 『W 혹은 유년기의 추억』이 알려져 있는데, 최근에 선집으로 6권이나 나와서 아주 기뻐하며 읽었다. 페렉의 작품들은 독특함을 넘어 특별함의 정점을 찍는다. 한 예로 한국어로 번역되지 않은 (번역하기 너무 힘든) 소설 「La Disparition」(실종)은 프랑스어에서 매우 중요한 스펠링인 "e"를 제외하고 완성했다. 우리말로 치면, 'ㅏ'를 사용하지 않고 쓴 글이라고 생각해야 하나? 어렵지만 재밌는 시도라서 한때는 나도 한글 모음 중 무언가 없는 글을 써 보고 싶단

---

* 프랑스의 문학상 가운데 하나로 실험성이 강한 작품에 수여한다.

생각을 했다.

페렉과 관련된 또 하나 흥미로운 작품은, 페렉과 그의 친구인 시인 자크 루보Jacques Roubaud의 연작 소설 『겨울 여행/어제 여행』이다. 이것은 페렉의 사후에 그의 「겨울 여행」의 내용을 바탕으로 자크 루보가 「어제 여행」을 씀으로써 완성되었다. 기존의 「겨울 여행」도 설정이 아주 파격적이었지만(19세기 프랑스 문학에 획을 그은 사람들을 표절, 사기꾼으로 만듦) 자크 루보의 상상력이 더해져 기존의 내용에서 한층 더 흥미로워졌다. 이 책을 번역한 김호영 교수의 해설에 따르면, 「겨울 여행」Voyage d'hiver에서 의도적으로 'V'를 빼고 「어제 여행」Voyage d'hier으로 제목을 정한 것은 조르주 페렉이 생전에 많은 여운과 아쉬움을 남긴 'V의 이야기'[histoire de V(ercors)]*에서 페렉을 놓아 주고 싶은 추모의 마음을 담은 것이라고 한다. 작품을 통해 페렉을 다시 한 번 되돌아보게 함으로써 친구를 기억하는 사람. 정말 창의적인 방식의 추모 아닌가?

---

* 페렉은 2차 대전 당시 어린 시절 머물던 베르코르(Vercors) 고원에 연합군 낙하산 부대가 투입되면서 자유의 희망을 가지게 된다. 하지만 그와 동시에 연합군 칠백여 명이 독일군에게 몰살당하는 일도 발생하는데 이 사건을 유작인 「53일」에서 문학적으로 표현하고 싶어했다.

레몽 크노도 페렉 만큼 독특하다. 시집『Cent mille mil-liards de poèmes』(백조 편의 시)은 10편의 소네트가 수록된 책으로, 가로로 잘라 놓은 14행을 넘겨 가며 내 맘대로 조합하면 시가 완성되는 구조다. 단 10편의 소네트로 무려 (산술상으로) 100조 편의 시를 만들 수 있다니! 엄청난 시도 아닌가? 현재 절판 상태인『지하철 소녀 쟈지』를 제외하면 국내에서 읽을 수 있는 그의 소설은『연푸른 꽃』이 유일한데, 이 작품도 상당히 독특하다. 중국 우화「호접몽」에서 영감을 받은 이 소설에서, 그는 의도적으로 비슷한 단어의 반복을 통해 전체적으로 리듬감을 부여하며 흡사 현재의 랩(rap) 가사 펀치라인을 보는 착각을 불러일으킨다. 최근에는『문체 연습』도 나왔는데, 한 젊은이를 우연히 버스와 광장에서 두 번 마주친다는 일화를 바흐J.S. Bach의〈푸가의 기법〉에 착안해 무려 99가지 문체로 표현한 크노의 걸작이다. 예를 들어 그 상황의 맨 뒷 문장부터 거꾸로 써서 상황을 묘사한다든지 동요로 표현한다든지 하이쿠*로 표현한다든지 일본어 잔재가 남은 문체로 표현한다든지 하는 식이다.

---

* 5·7·5의 3구(句) 17자(字)로 된 일본 특유의 단시(短詩)

울리포에 속한 작가들의 작품을 보지 않은 사람이 많을 것이다. 워낙 실험적이라서 몰입하기 쉽지 않을 수도 있다. 그럼에도 읽은 사람들이 있다. 그렇다. 내가 그 작품들을 읽은 많지 않은 사람들 중 하나다. 그래서 나는 부단히도 그걸 써먹을 기회를 노리다 결국 써먹었다. 푸른약국 출판사에서 나온 소설집『이제 막 독립한 이야기』에서! 「2984」를 내가 썼고, 기어코 아는 것을 써먹었다(야호!). 슬럼프가 찾아와서 참신한 것, 창의적 영감을 얻고 싶은 분에게 감히 추천하는 작가들이다. 조르주 페렉과 레몽 크노. 저도 써먹었다니까요? 믿어 보세요.

시 간 과

사 물

프랑스 철학자인 앙리 베르그송Henri Bergson은 '무려' 설탕 한 조각을 물에 넣었을 때 녹는 시간에 대한 이야기로 나로 하여금 엄청난 사유를 하도록 만들었다. 설탕 한 조각을 물에 넣고 숟가락 등의 도구 사용 없이 설탕이 스스로 녹는 시간 동안 우리는 어떤 생각을 할까? 대부분 '빨리 녹아라'거나 아예 이 행위와 전혀 상관없는 생각을 할 것이다. 혹은 다른 일을 할 수도 있다.

현 시대에서 시간이란 대부분 우리를 다그치는 역할을 한다. 우리는 대개 '이 시간'엔 뭘 하고 있어야 한다는 계획된 삶을 살고 있기 때문이다. 산업화와 기술 발전을 통한 효율성 때문이라고 정당화할 수 있겠지만 푸코가 말한 '감시'가 여기에도 적용된다는 것은 분명하다. 그럼 베르그송은 이 실험을 통해서 뭘 알려 주려고 한 것일까? 통제할 수 없는 시간의 지속성, 불수의근 같은 시간 등을 말하기도 하지만 조바심을 꾹 누른 기다림의 미학을 보여 주기도 한다.

기다림의 미학을 가장 잘 보여 주는 것은 사실 사물이다. 사물은 색이 바래거나 모양이 변하기는 해도 시간을 고스란히 흡수하여 담고 있다. 그 자리에 그대로 있다는 것이 얼마나 대단한 기다림과 인내인지 알 것이다. 사물이 '의식'을 가지고 있지 않다는 가정하에 이 같은 기다림과 인내가 그들에게 쉬운 일이라고 단정 지을 수 있겠지만, 세상일은 모르는 거니까. (분명 덮어 놓았던 노트북이 열려 있던 적 없었나요? 소오름.)

지금 있는 공간을 둘러보자. 내 앞엔 이 글을 입력하고 있는 컴퓨터가 있고, 조금 멀리에는 약들과 쌓여 있는 책들이 있다. 이것들이 아마 지금 이 순간을 가장 정확하게 설명하는 것일 것이다. 약국과 책방을 함께 운영하며 글을 쓰고 있는 이 순간. 그런데 이 순간은 금세 지나간다. 시간이란, 숫자로 표현해 놓긴 했지만 찰나보다 더 짧은 순간들이 연속해서 통과하는 것이기에 '시'라는 글자를 치는 순간은 그때만 느낄 수 있는 시간이다. 그나마 그 순간을 함께한 사물들이 존재하기 때문에 그 순간이 기억되고 지금까지 지속된 것일 테다.

어릴 때 애착 인형을 가지고 다니거나 특정 베개가 없으면 잠을 못 이루는 아이들이 있다. 점차 나이를 먹으며 '이제 나는 다 커서 그런 게 필요 없다'고 생각하지만 잘 생각해 보면 반려동물이나 반려식물이 아닌 반려사물이 하나쯤은 있을 것이다. 유달리 애착을 가지거나 중요하게 생각하는 사물 말이다. 책을 좋아하는 사람에겐 책일 것이고, 누군가는 텀블러를, 마그넷을, 피규어를 열심히 애착하고 있을지 모른다. 그렇게 모은 사물들을 보면, 이땐 이랬고, 저땐 저랬고, 이걸 구했을 땐 여름이었고… 하는 생각이 획획 스쳐 지나갈 것이다. 시간이 지속된 것이다. 그 시절부터 그것을 회상하는 지금까지.

보르헤스Jorge Luis Borges는 첫 시집인 『부에노스아이레스의 열기』에 애착 아닌 애착을 가지고 있었다. 그는 부끄러

움이 많은 사람이어서 첫 시집도 아버지께 보여 드리고 교정을 받았다고 한다. 그래서 그 시집은 아버지에 의해 교정이 이루어졌다. 훗날 『보르헤스 전집』을 구성할 때도 아버지의 교정본을 사용했다고 한다. 그의 성격상 이렇게 교정이 많고 실수가 많은 책을 그대로 놔뒀다는 것이 신기할 정도인데, 나는 그 책이 보르헤스 본인의 '지속된 시간'을 가장 잘 보여 주는 것이라고 그가 생각했기에 남겨졌다고 생각한다. 물론 내 생각이다.

시간과 사물은 무척 가까운 사이고, 서로의 역사를 보여 주는 존재이다. 우리가 가까이 두는 사물이나 좋아하는 사물에는 우리가 겪고 있는 또는 흘려보낸 시간이 스며 있다. 지금 한번 생각해 보자. 내가 좋아하는 물건은 뭔지, 과연 어떤 사물이 나를 가장 잘 보여 줄 수 있는지. 훗날 보르헤스처럼 유명한 사람이 되었을 때의 인터뷰를 미리 대비하자. 아, 너무 조급해하진 말자. 시간은 조바심을 누르고 기다려야 더 잘 지속된다.

사 람 과

사 물 들

『이제 막 독립한 이야기』(이막이) vol.02의 주제는 '사람과 사물들'이었다. 안타깝게도 시/에세이는 원고가 많이 모이지 않아서 책으로 만들지 못했고, 많이 모인 소설을 두 권으로 만들었다. 조영주 작가는 이 프로젝트에 지속적으로 참여하며 이를 '동아리 활동'이라 생각한다고 했는데, 그만큼 부담은 내려놓고 임한다는 말일 테니 좀 더 편안하게 글을 쓸 수 있다는 의미로 받아들였다. 참여한 다른 작가들도 그런 마음이면 좋겠다. 개그맨 박명수 씨가 라디오에서 전화 연결된 청취자에게 늘 하는 말이 있다. "전화 연결된다고 KBS에서 같이 일하자고 하는 거 아니니 편하게 하세요." 이 책의 작가들에게도 이 말을 하고 싶다. "이막이에 원고 낸다고 바로 인기 작가 되는 거 아니니 편하게 글 쓰세요."

나는 출판 쪽 일을 전문적으로 해 온 사람이 아니다. 그냥 평범한 독자다. 마케팅에 효과적인 방향과 흐름을 잡지 못하고 그냥 '감'으로 한다는 말이다. 그래서 안타깝게도 이막이 vol.02의 주제인 '사람과 사물들'도 즉흥적으로 정한 게 사실이다. 그래도 주제를 정할 때 한 가지 조건이 있는데, '다양한 이야기가 나올 수 있도록 최소 2가지를 포함시킨다'이다. vol.01의 주제는 '우연한 사랑, 필연적 죽음'이었다. 하고 싶은 이야기가 많은 광범위한 주제라는 생각에서였다. vol.02의 '사람과 사물들'도 마찬가지인데, vol.01보다는 좁아졌지만 살면서 항상 맞닥뜨리는 주제라고 생각했다. 하지만 늘 똑같으면 재미없으니 vol.03는 하나로만 해 볼까 한다.

언젠가부터 주변의 물건을 줄이는 '심플하게 사는 법' 등이 지속적으로 회자되고 있고, 법정 스님의 무소유 개

넘은 우리의 무의식에 자리를 잡아서 무언가를 사려 할 때면 '이거 사도 되나'를 고민하게 만든다. 조르주 페렉의 『사물들』을 보면 이는 비단 우리뿐 아니라 전 세계적으로 아주 오랜 역사를 지닌 고민이었다는 것을 짐작할 수 있다. (다행이다.)

막 20대가 된 제롬과 실비가 사회에 나와서 적응해 가는 이야기를 그린 『사물들』은 1960년대 프랑스의 사회상이 적절히 표현된 소설로, 정말 무지하게 많은 사물들이 등장한다. 초반부터 집 내부를 설명하면서 의자, 옷장, 장식장, 촛대, 목욕 스펀지 등 주변에 있는 사물들을 하나하나 자세하게 나열하는데, 지루할 정도로 많은 사물들이 나온다. 조심하지 않으면 졸 수 있다.

부자가 되고 싶었던 주인공들은 하는 일에 성공하고, 삶의 수준이 올라가면서 생활 방식이 바뀌고 주변의 사물들도 바뀐다. 이는 아주 자연스러운 일이었다. 그럴 수 있지. 돈을 벌면 차를 바꾸고 싶고 가방을 바꾸고 싶고 옷을 새로 사고 싶고 뭐 그런 것 아니겠나? 그런데 이 같은 행위에 끝은 있을까? 책의 결말 부분을 인용하면 이렇다. "아무것도 남지 않았다. 그들은 경주의 끝, 6년 동안 삶이 굴러온 모호한 궤도의 끝, 어느 곳으로도 인도하지 않았고, 아무것도 가르쳐주지 않은 우유부단한 탐색의 끝에 서 있었다."

롤랑 바르트Roland Barthes는 "부를 꿈꾸는 상상 속에 녹여낸 빈곤함, 진정 아름답다"라고 표현하며 이 작품을 칭찬했다. 해외에서는 꽤 좋은 평가를 받는 것 같은데 우리 책방 손님들이나 내 주변 이들의 감상평은 '불호'가 많았다. 너무 현실적이어서 소설 같지 않아서였을까, 아니면 '나와 우리는 이렇지 않아'라는 반발심 때문이었을까?

나는 솔직히 이 소설을 읽으며 적잖은 충격을 받았다. 오래전 프랑스의 상황임에도 너무 정확히 내 20대와 닮아 있었기 때문이다. 내게도 롤랑 바르트가 말한 '빈곤함'이 정신적으로 존재했었다. 사람이 돈을 벌기 시작하면 갖고 싶은 것을 사고 선물도 하고 가끔 허세도 부리는 게 젊은 시절의 호기로움이라고 생각했다. 그 시절엔 어떤 충고도 사실 잘 안 듣게 된다. 길게 보면 필요 없는 것도 '갖고 싶다'는 마음이 들면 그 마음을 외면하기가 힘들다. 무소유의 정반대 개념을 갖고 사는 것이다. 과연 이 상황을 벗어나게 되는 시점은 언제일까. 나의 경우에는 직접적으로 사회와 현실의 거대함을 느끼게 되었을 때 벗어나기 시작한 것 같다. 어찌 보면 '현타'일 수 있고, '자각'이라는 말로 포장할 수도 있다. 어떻게든 벗어났다는 게 중요한데, 벗어났다고는 해도 가끔은 물욕이 찾아온다. 이 정도는 애교로 봐 줘야겠지만.

우리가 하는 활동들은 대부분 '사물'을 매개로 한다. 일단 뭘 하든 옷을 입고 있어야 하고, 운동도 도구가 있어야 할 수 있다(축구공, 골프채, 운동화 등). 심지어 맨몸 운동도 철봉이나 땅바닥이 있어야 한다. 그렇다면 사물은 매개체, 그뿐일까?

유혼의 단편소설 「공생」에는 사람과 사물들의 매개 관계가 나온다. 어떤 사람은 스타벅스 한정판 굿즈를 얻기 위해 줄을 서서 커피를 사지만, 어떤 사람은 줄 서는 사람들을 관리하고 응대해야 한다. 하나의 사물을 매개로 우리는 여러 역할을 나눠 수행하고 있고, 그로 인해 돈을 쓰고 벌며 경제적·사회적 활동을 한다. 그 굿즈를 기획한 사람은 월급을 받을 것이며 굿즈를 제작하는 업체도 돈을 벌 것이고 굿즈를 판매하는 스타벅스도 이윤을 남길 것이다. 그리고 소비자는 소소한 행복을 누리게 된다.

사물이 정확히 어떻게 사람들을 매개하게 되었는지는 모르겠다. 휴대전화처럼 본연의 기능으로 사람들을 매개하는 것이 있는 반면 스타벅스 굿즈처럼 본연의 기능은 아니더라도 어떤 행동과 활동을 유도함으로써 관계를 이어 주는 것도 있다. 후자의 기능을 하는 사물들이 많아진다는 건 우리가 사람을 그리워한다는 반증인가? 글쎄, 너무 성급한 결론일까? 사람간의 교류가 점점 없어지는 사회에서 사람들은 사람에게 기대할 수 없는 걸 사물에게 기대하고, 그 기대감을 아는 기업들은 그런 사물을 더 만들어 내고… 그런 방식이 아닐까? 하고 잠깐 '진지' 잡쉬 본다.

나는 이 같은 사람과 사물의 관계를 나쁘게 바라보지 않는다. 충분히 긍정적인 에너지를 낸다고 본다. 또 사물이 흡사 반려동물 같은 지위를 가질지도 모를 일이다. 다만 긍정적인 효과를 계속 누리며 살기 위해서는 사물에 대한 마음을 적절히 조절할 줄도 알아야 한다. 술도 마시고 골프도 치고 책도 읽고 세차도 하고 캠핑도 하면서, 그것이 사람과의 유대관계를 동반할 수 있는 행위들이란 걸 잊지 말자.

오래도록 그 자리에 그대로 있는 사물에 반해 사람은 계속 변하기에 사람에게 지치고 실망해서 사물에게 기대는 경향이 있다. 하지만 사실 그 변화 속에서 우리는 새로운 활력을 얻을 수 있다. 사물에 집중하다 보면 제롬과 실비처럼 '어느 곳으로도 인도하지 않았고, 아무것도 가르쳐 주지 않은 우유부단한 탐색의 끝'에 서게 될지도 모른다. 그러니, 사물을 모을 때는 사람도 같이 모아 보는 건 어떨까? 일타쌍피!

말놀이

장마가 유래 없이 길었던 여름이라 그런지 해가 반짝 날 때면 매미들이 우렁차게 운다. 준비운동 없이 갑자기 울어 대서일까. 땅에 떨어진 매미도 간혹 보인다. 그런 매미들을 보다가 딸아이와의 말놀이를 생각했다.

올해 만 4살이 된 아이는 생각보다 민감한 편인데 과민하진 않다. 이 차이는 꽤 크다. 민감하다는 건 사물이나 상황을 주의 깊게 관찰하고 급격한 변화는 잘 받아들이지 않는다는 것인데, 과하게 민감하면 수많은 정보가 한꺼번에 들어와서 본인이 매우 피로감을 느낀다. 때로는 이런 과민함, 예민함이 영재를 판별하는 기준이 되기도 한다지만, 과민한 성향을 갖고 영재가 되니 그냥 일반적인 아이로 컸으면 좋겠다. 물론 딸아이가 영재라는 이야기는 아니다. 아니니까 미리 거절하겠다, 영재를.

딸은 또래보다 말을 잘하는 편이다. 할머니와 같이 생활하기 때문이기도 하고 나도 아이와 다양한 말을 하려고 노력하기 때문인 것 같기도 한 것 같기도 하다. (팝핀도 가르쳐 볼까.)

딸과 자주 하는 말놀이가 있는데 이 놀이는 단어나 문장의 발음이나 의미가 비슷한 것을 찾아 말을 이어 가는 놀이이다. 땅에 떨어진 매미에서 시작된 말놀이를 예로 들어 보겠다.

매미 아파 ⇨ 맴이 아파 ⇨ 맘이 아파 ⇨ 마미(엄마) 아파 ⇨ 마미 아빠 ⇨ 외할아버지 ⇨ 할아버지 ⇨ 할아버지 집 ⇨ 방학 ⇨ 물놀이 ⇨ 튜브 ⇨ 튜바튜바 ⇨ 튜닙 ⇨ 페이소 ⇨ 붕대 ⇨ 매미 아파

(참고로 '튜바튜바'는 〈옥토넛 탐험대〉라는 만화에 나오는 베지

멀vegetable+animal인 튜닙이 내는 소리이고 '페이소'도 거기에 등장하는 펭귄으로 붕대를 갖고 다니는 구급대원이다.)

이런 식으로 아이와 대화를 풀어 나가는데 아이는 의외로 내가 생각하지 못한 단어와 생각을 표현할 때가 많다. 역시 아이의 기발함과 상상력은 대단하다! 왜 이런 놀이를 하며 노느냐고 묻는다면, "사람이 가질 수 있는 것 중 매우 중요한 한 가지가 '언어 능력'이라고 생각한다"고 대답하겠다. 그 능력을 키우기 위해서는 '이름들'을 많이 알아야 한다고 생각한다. 그 이름들이 결국 단어고 어휘력이고, 그것들을 이어 나가다 보면 문장이 되고 문단이 되며, 사고력과 창의력도 깊어진다고 믿는다.

얼마 전엔 '아여어여오요우유으이'가 쓰인 한글판 앞에서 "어? 저기에 금동이가 먹을 수 있는 게 있네?"라고 하니 아쉽게도 한 번에 못 찾아서 "아야어여오요"까지 하고 기다려 주었다. 그러자 본인이 "우유!"라고 외쳤다. 또 얼마 전엔 새로 나온 뽀로로 노래(〈바나나 차차〉 후속곡인 〈티키타카〉)를 같이 부르다가 "티키티키 타타 동동카" 부분에서 "티키티키 타타 동동카레!"라고 하니 다음에는 본인이 "티키티키 타타 동동김치"라고 하는 걸 듣고 소위 빵 터진 기억도 있다(실제 발음은 "티키티키 타카 톡톡타"이다). 또 또 얼마 전엔 "아빠아!" 부르길래 "박홀륭은 지금 없는데요. 륭홀박만 있습니다. 그런데 누구세요?"라고 하니 "이동 금"(프롤로그에서 언급했지만, 아이 이름을 여기선 '금동이'로 합니 다)이라고 했다. 다른 센스는 모르겠는데 말놀이 센스는 어느 정도 있는 것 같지 않나?

『말놀이』라는 책이 있다. 말을 제법 하는 유치원생부터 초등학생에게 권장하는데, 상당히 흥미로운 책이다. 거꾸로 말하기, '탕수육 게임'처럼 번갈아 가며 음절 말하기, 속담 변형하기 등 재미있게 할 수 있는 말놀이 예시들이 나와 있다. 물론 아이에게 이 책을 보라고 강요한다면 이게 '놀이'가 될 수는 없을 것이다. 자연스럽게 주변의 '이름들'을 익힐 수 있는 기회와 환경을 만들어 주는 것이 중요하다. 그러려면 우리도 건망증과의 사투를 통해 잊혀가는 어휘들을 붙잡아서 돌아오게 만들어야 한다. 집 나간 며느리를 위한 전어가 아니라 머리에서 나간 이름들을 위한 무언가가 필요하다. 그리고 그 무언가는 진부하게도 '독서'다.

독서를 통해 여러 단어와 문장들을 접할 수 있고, 내 것으로 만들 수 있다. 굳이 말로 뱉지 않아도 관계없다. 손으로 쓰는 것도 내 것이 되게 하는 방법이다. 강조하지만 우리에게도 이건 '놀이'여야 한다. 따라서 흥미 없는 책은 읽지 말긴 바란다. 우리가 죽을 때까지 꾸준히 읽어도 읽을 수 있는 책의 권수는 한정적이다. 그러니 굳이 관심도 재미도 없는 책을 펴서 놀이를 놀이가 아니게 만들 필요는 없다. 아, 새로운 말놀이를 위해서 독서 대신 가끔 〈쇼미 더머니〉를 시청하는 것도 하나의 방법인가? 하. 하. 하.

금동아

밥 먹자

가끔 모바일 게임을 한다. 일하느라 정신없는 와중에 무슨 게임이냐고 묻겠지만, 정말 일하는 사이사이 잠깐씩 하는 편이다. 예를 들어 책을 읽다가 약국에 환자가 오면 응대한 후 1분여 동안 게임을 한다. 이건 게임을 한다기보다 자투리 시간의 활용이라 할 수 있다. 방울토마토를 못 키우니 캐릭터라도 키우는 식이다.

나는 예전에 봤던 책이나 만화가 원작인 게임만 한다.

나만의 게임 선택 기준이다. 얼마 전까지는 열혈강호가 원작인 게임을 하다가 최근에 삼국지 게임으로 바꿨는데, 장수들의 인연에 따라 전투력이 오르는 재미가 아주 쏠쏠하다. 전투력이 수십 억이라니! 재산이라 상상하면 빙그레 미소가 지어진다. 그리고 삼국지를 참고해서 만들어진 것이라 스토리를 훑는 재미도 있다. 현질(게임 안에서 결제를 해서 아이템이나 재화를 사는 행위) 유혹만 뿌리친다면 아주 건설적이다. (지나친 게임은 자제합시다.)

이 게임을 시작하면서 아이디를 '금동아 밥 먹자'로 설정했는데, 요즘 징크스가 생긴 기분이다. 이후로 애가 밥을 안 먹는다. 가수는 노래 제목, 연기자는 드라마 제목 따라간댔나? 게이머는 아이디를 따라가는 건지, 아이가 잘 먹던 밥을 안 먹기 시작했다. 황급히 아이디를 '금동이 밥 먹었다'로 바꿨는데 전혀 효과가 없다. 연휴에 아이 밥 먹이느라 실랑이한다고 진기를 헌납하고 나니 무릎까지 쑤신다. 밥상머리 매너를 가르친다고 훈육(이라 쓰고 꾸짖음을 뜻한다)을 하고 나면 아이가 안쓰럽지만 입에 밥을 물고 씹지 않는 모습을 계속 보면 화병에 걸릴 것 같다.

그런데 문제는 아이를 가만히 관찰해 봤을 때 아이가 나를 많이 닮은 것 같아서 아이를 마냥 혼낼 수 없게 된다는 거다. 정확히 설명할 순 없지만 유전적인 문제로도 보이니, 결국 내 탓인데 애를 탓해 뭐하나. 나는 어릴 때부터 뭔가를 관찰하는 걸 좋아했다. (그래서 내 아이도 관찰한다.) 길을 가면서 내 할 것 하거나 앞만 보고 갈 법도 한데, 지나가는 사람들의 표정, 옷 색깔, 심지어 눈썹이나 코 모양까지 보기도 했다. 사람만 본 게 아니고 각종 사물, 간판, 글자 등을 다 보고 다녔다. 그런 걸 다 훑고 다니니 피곤했지만, 그래도 재미가 있었다. 관찰을 밖에서만 했던 게 아니다. 가까운 사람들의 표정, 행동, 말투를 관찰하며 그 사람의 성향을 파악하고 되도록 그 사람에게 상처를 줄 만한 말이나 행동을 하지 않으려고 노력했다. 그래서 좁지만 원만한 인간관계를 만들어 왔다고 생각한다. 아주 나중에 안 것인데 이런 게 센서티브한 아이의 특징이라고 한다.

센서티브한 아이들은 보통 주위 자극에 민감하다. 여러 자극이 동시에 오거나 큰 소리가 나는 것을 싫어하고 새로운 환경에 처하면 자기만의 관찰 시간을 갖는다. 주위를 유심히 보며 두리번거리고 어느 정도 파악을 하고 나서 본인의 기준에 이 장소나 사람이 안전하고 받아들일 만하다고 여겨지면 그제야 슬슬 활동하기 시작한다. 우리 아이는 자주 보지 못하는 외할머니 집에 가면 1시간은 관찰한 후에야 말을 꺼내니 말 다 했다.

가끔 외식을 하면 금동이의 '밥 물기'는 더 심해지는데, 주위 사람들의 목소리를 듣고 표정을 보느라 그렇다. 대강 성향을 알고 있으니 그러려니 하지만 엄마, 아빠가 밥을 다 먹고 옆 테이블 사람이 2번이나 바뀌는 동안 애가 밥을 안 먹고 있으면 그만 먹으라는 말이 나온다. 주위의 이야기를 들어 보면 아이가 크면서 밥을 잘 안 먹을 때가 있고 자기주장이 강해져서 말을 안 듣는 때가 있는데 이런 건 모두 시간이 해결해 준다고 한다. 하지만 그 시간 속에 사는 사람들에게는 참 힘든 시기인 것은 분명하다. (세상의 모든 엄마를 존경합니다.)

한 살 더 먹더니 이젠 애가 밥을 물고 있으면서 밥상머리에서 책을 읽기 시작했다. '그래, 책 읽는 걸 뭐라고 하겠어?'라고 생각하고 놔두면 우리가 다 함께 1시간 이상 밥을 먹어야 하니까, 좋게 좋게 부드럽게(진짜 부드러웠습니다) "밥 먹고 아빠랑 함께 책 읽는 건 어떨까?"라고 해 보지만 보기 좋게 책에 열중하는 금동이를 보게 된다. 그런데 이것 역시 내 탓이라는 결론에 이르게 되었으니, 바로 할머니의 증언 때문이다. "아유, 너도 어릴 때 밥 먹을 때만 되면 책을 읽더니, 얘도 이러네?"

　나도 사실 어제 밥 먹기 싫었다. 누가 옆에서 말 걸면 "아니야", "안 해", "싫어"라고 대답하고 싶었다. 그럼 가뜩이나 주변에 사람이 없는데 더 없어지겠지? 나는 밥 먹기 싫으면 안 먹을 수 있는 자유를 가졌지만 밥을 안 먹었을 때 따라오는 건강 문제를 비롯해 뒤를 책임져야 하는 나이이고, 더욱이 혼자가 아닌 가족과 함께 사니 아프기라도 하면 민폐가 된다. 살펴야 할 게 많은 사람이 된 거다. 대개 머리가 크면서 자립을 원하는데 막상 자립을 해 보면 아무것도 모르고 그저 돌봄 받았던 때가 그립다. 돌봄을 받을 때는 그게 얼마나 좋은 건지 잘 모른다.

　금동이를 보며 자주 생각한다. 금동이 나이 때의 내 마음이 기억난다면 금동이의 지금 마음을 헤아리기 쉽고 내가 할 말을 고르기도 좋을 텐데…. 그런데 생각이 안 난다. 분명한 건, 저 나이 때 나는 부모님의 심정을 알지 못했을 거란 사실이다. 아마, 지금 금동이도 그럴 것이다. '무려' 책을 읽는다는데 아무리 본인을 위해서라지만 밥 먼저 먹으라니! 밥이 왜 중요한지도 모를 거다. 자고 일어나면 그냥 키가 크고 재밌는 게 계속 생기는 시기니 밥 따위야 뒷

전이겠지. 그래도 키는 좀 커야 하는데…. 네가 우리 집에서 과일 제일 많이 먹는데… 과당만 섭취하면 안 되는데… 밥도 좀 먹어 주면 안 되겠니?

이 글을 다듬는 몇 달 만에 내 캐릭터 전투력이 200억이 넘었다. 이젠 우리 서버에서 Top30이다. 다시 생각하지만 이게 내 재산이면 좋겠다. 그럼 요리사를 모셔다 금동이 밥을 차려 주고 싶다. 좋아하는 것도 주고, 싫어하는 것도 온갖 고급스러운 편법을 이용해(자르고 갈고 곁들이는) 먹이고 싶다. 게임을 하다가 캐릭터 이름을 보고 문득 문득, 아니 자주 생각한다. 금동이가 밥을 맛있게 잘 먹으면 참 좋겠다.

전자동

블라인드

언젠가 우연한 기회에 범상치 않은 숙소에 묵으면서 전자동 커튼의 맛을 봤다. 아, 편리함이란 이런 것이구나. 그후로 자동 커튼에 대한 로망이 생겼다. 아침에 일어났을 때, 혹은 밤에 지쳐서 집에 들어왔을 때 버튼만 꾹 누르면 촤라락 열리고 닫히는 자동 커튼. 그래서 다음에 이사를 갈 때는 다른 건 다 아끼고, 심지어 내가 이삿짐을 오백 번 나르더라도 돈을 아껴서 꼭 커튼이나 블라인드는 자동으로 하기로 결심했다.

그렇게 해서 가지게 된 세상 편리한 전자동 블라인드. 겪어 보니, 이건 정말 이 세상 물건이 아니라는 생각이 들 정도였다. 세로로 오르락내리락 하는 블라인드인데 버튼 하나에 오르락내리락, 버튼 하나에 빛의 양 조절. 하, 이런 신세계가 있나. 블라인드를 볼 때마다 흐뭇했다.

하지만 세상 모든 사물과의 관계가 그렇듯 이 아이와의 권태기도 오고야 말았다. 특별히 내가 잘못한 건 없는 것 같은 권태기. 특별히 너도 잘못한 건 없는 것 같은 권태기. 블라인드 사이로 들어오는 빛의 양과 자동 작동 따위는 내 하루에 큰 영향을 미치지 않는 때가 온 것이다. … 대체 우리 아이는 왜 거실에서 잠을 자는 것인가. 집이 좁아서 그런 것 같기도 하지만, 왜 거실에서만 자는 것일까. 거실 에 항상 환한 빛을 닿게 하기 위해 설치한 블라인드가 오 히려 아침 일찍 아이를 깨우는 역할을 하게 되어 버렸다.

아이는 아침 6시 30분 정도가 되면 조선시대 사람처럼 해의 기운을 받으며 벌떡 일어났다. 전날에 저녁 7시에 자 나, 밤 10시에 자나 똑같았다. 대단한 아이였다. 어떻게 기 상 시간이 해가 비치기 시작하는 때와 항상 비슷한 것인 가. 그렇다고 해가 지면 바로 자는 것도 아닌데. 농경 사회에 사는 부지런한 농부처럼 아이는 매번 일찍 일어났고, 꾸준하고 부지런하게 나를 깨웠다. 나지막이 부르는 "아빠". 아이가 밤 8시에 잔다고 해서 내 취침 시간도 그때인 것은 아닌데, 아이가 6시쯤 깨면 같이 일어나야 했다. 물론 아이는 세상 누구 혹은 무엇보다 사랑스럽다. 내가 말하려는 건 아침 상황이 변했다는 이야기다. 이 정도면 전자동 블라인드의 존재는 더 이상 중요하지 않다. 다만 이 블라인드는 왜 이리 밝은지 궁금하긴 하다.

드디어 오늘 기나긴 고민 끝에 결단을 내리고 마트로 향했다. 암막 커튼을 사기 위해서. 커튼을 고르는데 자꾸 세일 상품을 사라고 부추기는 직원 때문에 힘들었지만, 내가 천천히 고르겠다고 하는데 자꾸 사람들이 많이 산다는 상품을 골라 주는 직원 때문에 힘들었지만, 결국 나는 소파 색깔과 비슷한 차콜색으로 고르는 걸 해냈다(사실 금동이 엄마에게 전화해서 물어보았다). 그리고 곧장 집으로 와서 전자동 블라인드를 담담하게 떼 내고 마침 올라오신 아버지와 함께 커튼을 달았다(사실 아버지가 올라오셔서 블라인드 바꿀 생각을 했다).

떼어 낸 블라인드는 유치한 별명도 있는, 내 사랑을 담뿍 받은 아이다. 별명은 '신세계'였다. 신세계는 이미 내상을 입은 상태였다. 총 세 개의 신세계는 설치된 위치에 따라 1, 2, 3번으로 설정을 해 놨는데, 그중 가장 긴 아이(2번)는 우리 아이가 늘 잡아 당기는 바람에 모터에 이상이 생겨서 새 배터리를 끼워 줘도 힘을 쓰지 못했다. 다행히 나머지 두 개(1번, 3번)는 배터리를 바꾸니 잘 작동했다. 잘 감아 정리해서 한쪽 구석에 세워 놓는데… 씁쓸하고 안타까워야 맞는데 정말 아무 생각이 안 들었다. 우리 아이가 아침에 1시간이라도 더 잘 수 있도록 진작에 바꿨어야 하는 거였다. 왜 이제야 바꾸는 거지? 아마 미련이 남아서였을 거다. 왜 저렴하고 질 좋은 커튼을 놔두고 이런 걸 달았냐고 하시는 부모님의 농담 반 진담 반(실제는 농담 1% 진담 99%)의 잔소리를 들으며 꽤 오래 버텼지만, 아이 앞에서는 소용없었다. 아니지, 솔직히 내 아침잠을 위해서다.

떼어 놓고 보니 신세계는 그 별명을 부르기도 민망한 상태였다. 정말 그냥 돌돌 말린 블라인드일 뿐. 어디에 팔기도 힘들고 (귀찮다) 아는 사람 집에 달아 주기도 힘들고 (귀찮다) 일단 제일 긴 2번 신세계를 고쳐야 하는데 (귀찮다) 아무 생각이 들지 않는다. 다만, 내일 아침에 우리 아이가 몇 시에 일어날지가 정말 너무너무너무 궁금하다. 과연 이 아이는 농경 사회의 직계 후손인지 신체 리듬이 아침형 인간인 것인지 그냥 아빠를 깨우는 게 재밌는 건지 궁금하다. 이 책이 나올 때쯤이면 많은 사례들을 모아서 결론을 낼 수 있겠지만 일단 내일은 7시까지만 잤으면 좋겠다. 신세계야, 그동안 고마웠어. 기회가 되면 고쳐서 다시 권태기를 극복해 보자. (하지만 귀찮다.)

노 화

내 주변을 비롯해서 모두의 주변을 항상 어슬렁거리는 것이 있다. 바로 '노화'다. 이 노화는 24시간 쉬지 않는다. 심지어 우리가 잘 때마저 일한다.

근래에 노화를 질병의 한 종류로 지위를 격상시켜야(?) 한다는 이야기까지 나오고 있다. 실제로 노화는 고혈압, 당뇨, 고지혈증 등의 만성질환처럼 서서히 진행되고, 흔히 나이 들며 겪는 여러 질병의 원인으로 지목되고 있으며, 그 원인을 당최 한두 가지로는 집어낼 수 없다. 그래서 '대하기 어려운 어르신의 이름'이라고 할 수 있다.

노화를 늦추기 위한 조언을 살펴보면, 대부분 '운동을 하고, 좋아하는 음식을 먹고, 즐겁게 살아라'로 압축할 수 있는데, 이는 '상당히 이해하기 어려운 젊은이의 이름'이라고 할 수 있다. 어디서 어디까지가 운동이고 얼마만큼 즐거워야 노화를 늦출 만큼 즐거운 것인가? 도무지 가늠하기 어렵다.

하버드 의대 유전학 교수인 데이비드 A. 싱클레어David A. Sinclair는 『노화의 종말』이라는 책에서 우리에게 많은 정보를 제공한다. 그는 노화 분야에서 오랫동안 다양한 연구를 진행해 왔고 실용화를 위한 노력을 게을리하지 않는 사람이다. 따라서 그의 귀띔은 상당히 도움이 된다. 그의 이야기 중에 유독 의미 있게 다가온 것이 있는데, 바로 "몸을 괴롭히고 예측할 수 없는 상태에 있게 만들어라"이다. 내 모토와 너무나 비슷하기 때문이다(라고 억지를 부려 본다). 긴 시간을 할애하지 못하니 자투리 시간을 활용해서 무언가를 하는 나에게 특별히 시간을 내지 않아도 몸을 괴롭히면 된다는, 이 얼마나 반가운 조언이란 말인가!

많은 사람들이 하는 운동인 '피트니스 트레이닝'(헬스)

은 10년 전과 지금의 운동 방식이 많이 달라진 걸로 보인다. 지금도 세트 수를 정해서 하곤 하지만, 핵심은 '내 몸이 견디기 힘든 지점에서 좀 더 하는 것'이 아닌가 한다. 나에게 5회가 정말 너무 힘들어 죽겠는데 꼭 10회를 채울 필요는 없다. 하지만 10회를 할 수 있겠다 싶으면 힘들어도 해야 하는 게 당연하다. 몸이 예측하는, 좀 더 정확히 말해 규칙적인 패턴으로 인해 뇌가 인식하는 때가 되면 내용을 바꿔야 한다. 간헐적 단식도 마찬가지인데 간헐적 단식을 규칙적인 날짜마다 행한다면 몸이 알지 않을까? 가령 매주 화, 목요일에 간헐적 단식을 꾸준히 진행하게 되면 어느 순간부터 효과가 떨어진다. 몸이 눈치를 챈 거다. '아, 이때는 안 먹는구나? 그럼 다른 날 더 쟁여 놔야지.' 우리 몸은 생각보다 똑똑하다. 물론 사람마다 반응 시간과 패턴은 다르겠지만 말이다.

총체적으로 보면, 노화는 몸에만 국한된 문제가 아니고 마음에도 해당한다. 몸과 마음은 떼 놓으려 해도 떼 놓을 수 없고 서로 많은 영향을 주고받기 때문이다. 몸이 건강하면 마음도 너그러워지고 마음이 편안하면 몸도 스트레스를 받지 않는다는 걸 생각해 보면 알 수 있다. 둘 중 뭐가 우세하다 할 것 없이 서로에게 영향을 준다. 그럼 마음을 늙지 않게 하는 방법도 몸과 비슷할까? 나는 그렇다고 생각한다. 대부분 '근육' 비유를 써서 '마음 근육'을 단련하자고 하는데 없는 근육을 어떻게 단련하겠나. 다만 몸과는 다르게 예측하지 못한 '즐거움'을 준다면 노화가 더 딜 거라고 생각한다. 세뱃돈을 받았는데 예상치 못하게 200만원을 받았다든지, 생일 선물로 조그만 껌 상자를 받았는데 그 안에 차 키가 있다든지… (말이 그렇다는 겁니다).

"몸이 하는 일을 뇌가 모르게 하라." 결국 알게 되겠지만 뇌가 몸의 패턴을 최대한 늦게 알게 만드는 것이 좋다. 때로 우리가 일부러 더 바쁘게 사는 건 특정한 일에 깊이 생각할 시간을 줄이기 위함이 아닌가? 그것과 똑같은 원리다. 뇌가 생각하기에 '어, 뭐야? 이 시간이면 몸이 이걸 할 시간인데 왜 이걸 하고 있지? 아, 정신 바짝 차려야겠네' 하게 만들자. 사람은 경험과 진화의 산물이라 이런 불규칙함을 매일 겪는다면 몸과 마음이 모두 더 활력 있게 변할 것이다.

안타까운 건 대부분의 사람들이 거의 비슷한 일상을 살고 있다는 건데, 직장을 다니건 육아를 하건 대개 비슷하게 하루가 흘러간다. 누구나 새로운 일을 하면 설레지만 비슷한 일을 계속하면 매너리즘에 빠지고 다른 일을 찾게 되고 나는 왜 이러고 있나, 나는 누군가, 이게 무슨 의미가 있나 하며 테스형이랑 만날 생각에 빠지게 된다(갑자기 우주의 철학을 생각한다는 의미다). 해결책은 간단하다! 모두 즉흥적인 걸 자발적으로 많이 많이 하자!

관련해서 갑자기 생각난 이야기가 있다. 군대 훈련소에서의 일이다. 남자들은 이해하겠지만 거긴 정말 하지 말라는 것투성이다. 기존에 하던 걸 다 못 하게 된다고 보면 된다. 제일 힘든 것 중 하나가 생리현상 해결인데, 정해진 시간이 아니면 화장실을 못 가니 훈련소 첫날 화장실을 못 가면 악순환이 시작된다. 그래서 순간적인 변비가 오기도 하는데 이 과정을 겪으면 '아, 내가 평소에 너무 규칙적으로 화장실을 갔었구나' 하는 생각을 하게 되는 거다. 웃자고 하는 이야기지만 너무 '아침 화장실'에 집착할 필요 없다. 꼭 '아침 쾌변'이 있어야 장이 건강한 건 아니다. 더불어 하루에 꼭 한 번 화장실을 가야만 하는 것도 아니니 안심하자. 불규칙이 몸의 적응력을 높이는 때도 많다.

맞다. 노화 이야기를 하는 중이다. 노화는 길게 70~80년간 이루어지는 것이므로 '세 살 버릇 여든까지 간다'만 생각하면 큰 문제가 없을 것이다. 젊은 시절부터 계획을 아끼자. 아니 숨기자. 규칙적으로 하는 운동은 오히려 뇌에 우리의 패턴을 인식시킬 수 있다. '아하, 몸이 평소에 이 정도 운동을 하는군?' 그래서 평소처럼 하는 운동은 운동으로 생각을 안 하는 사태가 발생하는 거다. 이 경우, 운동량이 계속 늘어야 한다. 물론 규칙적인 훈련이 필요한 때도 있다. 수능 시험 시간표에 맞춰 1교시 시간엔 국어를 공부하고 2교시엔 수학을 공부하는 그런 훈련은 필요하다. 이건 다음 기회에 이야기하기로 하자. (사실 더 할 말이 없음.)

몸을 불규칙적으로 검소하게 하는 것이 노화를 자연스럽고 더디게 한다고 생각한다. 구체적으로는 뇌가 예상하는 것보다(욕구보다) 적게 먹고, 뇌가 예상하는 것보다(지난번 운동량보다) 더 움직이거나 다르게 움직이면 된다는 말이다. 심지어 책도 같은 장르만 읽지 말고 여러 장르를 섞어서 보면 뇌가 불편해하고 일하기 시작한다. 그러면 뇌가 늙을 시간이 없다! 불규칙한 것이 내 몸과 마음의 노화를 밀어내고 안정을 만들어 줄 것이다.

커피

커피가 내 사회생활의 동반자가 된 지는 얼마 되지 않았
다. 초딩 입맛을 자랑하는 나는 커피 대신 달달하면서 속
을 차갑게 식혀 줄 거 같은 스무디나 프라푸치노 등의 음
료를 즐겨왔다. 아마 남아도는 '당'들이 온몸 구석구석 돌
다가 배와 옆구리로 많이 쌓였을 거다. 그렇게 축적된 '당
내공'으로, 살이 쪽 빠져도 뱃살은 빠진 적이 없다.

커피의 맛을 알게 된 건 한 6~7년 전이다. 분식만 먹다

가 질려서 밥을 찾듯 단 음료만 먹으니 땀에서도 단내가 날 것 같은 기분에 커피를 마셔 보았는데, 어우 그 깔끔함이란! 신세계가 열리는 기분이었다. 그 이후 180도 달라진 나는 단 음료는 꺼리고 딱 아메리카노만 마시게 되었다. 어떤 음식을 먹더라도 후식으로 잘 어울리는 커피. 칼로리도 낮고 일상 음료로는 제격이었다. 사실 아직 진정한 커피의 맛은 모른다. 그냥 쌉싸름하고 깔끔한 맛이 좋아서 마시는 거다. 뭔가 하루가 시작되는 기분, 식사가 마무리되는 기분, 그 기분이 좋아서.

책방을 시작하고 얼마 있지 않아 거금을 들여 커피 머신을 마련했다…가 아니라 선물을 받았다. 커피를 판매하는 책방들이 많지만 약국 안에 커피숍까지 하려니 일이 또 너무 커지고, 생각보다 책방으로 직접 찾아오는 손님이 많진 않고, 오시는 손님마다 감사한데 드릴 건 없고, 이런 합리화를 거쳐 커피 머신을 들여놓고 한 잔씩 뽑아드리기 위해서 선물 받고 싶다고 누군가에게 강요했다(감사합니다, 금동이 어머님). 커피 전문점처럼 반자동 커피 머신을 들여놓지 않은 게 천만다행인 것이, 와, 커피를 뽑는 게 생각보다 손이 많이 가는 일이었다. 이걸 하고 있다간 약국과 책방과 커피숍을 3 in 1으로 운영하는 모습을 선보일 뻔했다. 나는 현실주의자이고, 또 내 게으름을 잘 알기 때문에 전자동 커피 머신을 샀는데 얼마나 다행스러운 일인지 모른다. 늘 동일한 질의 커피를 뽑을 수 있었고, 라떼에서 카푸치노까지 가능한 기계라 우유만 있으면 거의 모든 메뉴가 가능했다. 나도 하루에 2~3잔 정도는 마셨다.

그런데 최근 커피를 줄이기 시작했다. 생각보다 양질의 잠을 자지 못해서이다. 30대까지는 잠들면 누가 머리채를 잡고 끌고 가도 모를 지경으로 잤는데 최근엔 규칙적으로 새벽 1시, 3시, 5시, 6시에 기상하는 문제가 생겼다. 100% 커피의 문제는 아닌 것이, 아이가 태어나면서 아이가 깨는 시간에 깨다 보니 습관적으로 눈이 떠지는 탓도 있다. 그렇지만 커피라도 줄여야 저 시간대 중에 하나는 생략할 수 있을 거란 생각에 요즘엔 아예 안 마시거나, 디카페인만 마시거나, 원 샷만 마시거나로 일상 카페인 설정 값을 바꿨다. 몸이란 게 주기적인 fake action이 필요하다는 사실을 여기서도 느끼는데, 카페인을 주기적으로 넣어 주다가 갑자기 줄이니 정신을 못 차리겠어서 특히 아침에 해야 할 업무를 소홀히 하게 됐다. 하루 종일 멍한 상태를 자주 경험했다. 지금도 좀 그럴 때는 어르고 달래는 의미로 원 샷 커피를 마신다.

fake action은 다이어트에서도 중요하다. 늘 하던 것에서 잠깐 벗어나 몸(실질적으로는 뇌)을 혼란스럽게 하는 것이다. 한마디로 위급한 상황으로 각성시키는 것이라고 할 수 있다. 그러면 몸은 평소에 느긋하게 축적하던 지방을 쓰기도 하고, 만들어 내야 하는 것은 또 급히 만들어 내게 된다. 다이어트나 운동, 지방에 관해 관심이 있다면 실비아 타라Sylvia Tara가 쓴 『팻(FAT)』을 읽어 보기를 권한다. 쉽게 풀어 쓴 지방 관련 이론과 운동에 관한 이야기가 많이 나온다. 지방을 줄이기 위한 '평생 다이어터'로 저자가 자신을 소개하기 때문에 공감대 형성이 쉽다.

여하튼 커피는 현재 내 사회생활의 동반자에서 약간 밀리는 상황에 처했다. 그렇지만 커피의 그 쌉싸름하고 깔끔한 맛을 아예 포기할 수는 없어서 디카페인으로 전향하는 중이다. 디카페인이라고 해서 카페인 함량이 0은 아니지만, 그 정도는 카페인 의존 각성에서 벗어날 수 있을 만한 양이라고 생각한다. 어찌되었든 난 이제 커피를 안 마실 수는 없는 사람이 되었다. 입에도 안 대다가 이렇게 빠져든 걸 보면 나도 참….

이러다 또 카페인이 담뿍 들어간 커피를 마시는 때도 올 것이다. 앞선 글들로 눈치 챈 분이 있을 텐데 나는 한번 맘에 든 것은 취미고 취향이고 쉽게 버리지 못한다. 잠시 내려놓을 뿐 머릿속에서 떠나보내는 것이 아니다. 그리고 '다시 한 번 ○○ 해야 하는데'를 수도 없이 생각한다. 유행은 돌고 돈다는데 그게 딱 나한테 맞는 말이다. 한 100가지 취향 중 상황에 따라 3~4가지를 조합해서 거기에 열중하고 사는 것 같다. 근데 왜 돌고 돌다 뱃살은 안 빠지는 거야….

라 면

음식을 먹을 때 생각해야 할 것이 있는데 (사실 생각하기 싫지만) 바로 '몸에 어떻게 작용할 것인지'이다. 약식동원藥食同原, 약과 음식은 근원이 같다는 것까지 갈 필요도 없이, 음식은 매일 먹고 하루 중에도 몇 번을 먹는 것이기에 의식하지 않기 쉽지만 의식해야 하는 대상이다. 어찌 보면 약을 먹는 것보다 더 중요한 것이 생활습관이고 섭취하는 음식이다. 그래서 가족들의 식습관, 정확히는 부모의 식습관이 아이에게 주는 영향이 클 수밖에 없다. 영양제 한 알을 챙겨 주는 것보다 부모가 먼저 음식을 골고루 맛있게 먹는 모습을 보여 주고 아이에게 영양가 있는 음식을 골고루 섭취하게 하는 편이 훨씬 낫다. 식습관은 평생 가니까.

글의 시작과 그리 썩 잘 어울리지는 않는 것 같은데, 라면 이야기를 하려 한다. 라면은 참 희한하다. 이름만 들어도 혹은 누가 먹는 것만 봐도 군침이 돌고, 한 젓가락이라도 먹고 싶어진다. 한때 가정을 하는 상황에 쓰이는 표현과 결합해서 해물이 왕창 들어간 "바다가 육지라면"이 유행하더니 최근에는 '파불닭볶음맛'이 나는 "부자될라면"이 나오기도 했다. 이런 센스 있고 재밌는 이름을 좋아한다. 물론 라면은 맛있어야 최고지만.

사실 '라면'이라는 이름은 중국과 일본의 콜라보로 탄생한 것이라고 할 수 있다. '라면'의 시초인 중국의 '납면'拉麵에서 일본식 이름인 '라멘'이 탄생했고, 그게 우리나라 발음으로 '라면'이 되었다. 우리나라 최초의 라면은 닭고기 육수를 이용한 삼양라면이라고 하는데 먹어 본 적이 없어서 아쉽다. 방송인 이경규 씨가 만든 "꼬꼬면"이랑 비슷한 맛이려나?

지금 일하는 곳은 점심시간이 정해져 있지 않아서 요즘 엔 라면을 자주 먹진 못하는데(면이 불까 봐) 대학 시절에는 참 자주 먹었다. 지금까지도 최고의 맛이라고 생각하는 라면은 KAIST 근처 만화방에서 판매했던 라면이다(기억의 왜곡인가). '라면밥'이라는 메뉴가 있었는데, 컵라면이 아닌 일반 라면을 조리한 후 밥을 라면 밑에 깔아서 내주었다. 그러니까 순대국처럼 순대국 따로 밥 따로 나오는 것이 아니라 부산 오리지널 순대국밥처럼 밥이 라면 안에 깔려서 나왔다는 말이다. 신기하지 않은가? 근데 그게 그렇게 맛이 좋았다. 밥이 들어가니 라면의 짠맛이 덜할 거라는 믿음과 더불어 맛까지 있으니 식사를 거르고 만화방에 갈 때는 필수로 주문하는 음식이 되었다. 밥알이 라면 국물을 머금고 있는 그 맛!

　　다들 라면에 얽힌 기억이 하나쯤은 있다. 그리고 다른 사람의 라면 이야기에도 쉽게 공감한다. 접근성이 뛰어난 음식이라 공통 관심사 영역이라고 할 수 있겠다. 힘들 때 먹은 라면, 좋아서 먹은 라면, 뺏어 먹은 라면, 급히 먹은 라면, 먹다 남긴 라면, 물 못 맞춘 라면 등. 악동 뮤지션의 노래, 〈라면인건가〉의 가사에 고개를 끄덕이게 되는 것도 같은 이유일 거다.

날마다 찬장을 열어보면 어제 먹고 남은 반쪼가리
라면인건가 라면인건가 라면인건가

재밌는 노래이니 한번 들어 보길 추천한다. 그런데 여기에 나오는 '어제 먹고 남은 반쪼가리'는 라면 1개를 반만 먹은 걸까, 아니면 1개 반을 먹고 반이 남은 걸까? 진짜 너무 궁금한데 물어볼 데가 없다.

이런 맛있고 재밌고 추억에 잠기는 라면은 안타깝게도 잔소리를 한 줄이라도 쓰지 않을 수가 없다. 라면에서 문제가 될 수 있는 것은 약 500kcal 내외인 총 칼로리보다 나트륨과 포화지방산이다. 다행히 점점 건강한 방식으로 만드는 라면이 다양하게 출시되어서 이 같은 문제도 조금씩 해결이 되어 가는 추세다. 이미 기름에 튀기지 않은 면이 나오고 있으니 앞으로 더 다양한 라면이 나올 것이다. 국물만 안 마셔도 괜찮은데 또 그걸 안 마실 수는 없고 조금만 먹어야지 하지만 또 국물 맛을 보면 밥을 말고 싶고… 햄릿의 딜레마보다 더한 라면 국물 딜레마. 그나저나 오늘도 내 저녁은 라면인 건가.

구 풍 해 독 탕

구풍해독탕驅風解毒湯은 환절기에 많이 쓰는 한약 처방의 이름이다. 제약회사에서 만든 의약품으로 회사마다 여러 가지 이름으로 나오고, 대부분의 약국에서 하나쯤은 갖추고 있는 일반의약품 중 하나다. 기존에는 캡슐 제형으로 주로 나왔으나 최근엔 연조엑스 형식의 액상 제형으로도 나왔다. 의약품의 개발과 생산도 시대의 흐름이나 상황에 맞춰서 바뀌곤 하는데 코로나로 인해 '목감기'에 민감해진 요즘에 딱 맞춰 나온 것이라고 볼 수 있다.

이름을 풀이하면 '풍(바람)을 몰아내고 몸에 들어온 독을 풀어 준다'는 의미다. 한의학에서는 바람이 일으키는 질병을 다양하게 정의하는데, 구풍해독탕이 몰아내는 바람은 주로 따뜻하거나 뜨거운 나쁜 기운과 결합하여 인후에 염증을 일으키는 바람이다.

구풍해독탕에서 보면 알 수 있듯이 한약제제들은 직관적인 이름이 많다. 약간의 배경지식만 있으면 어디에 쓰는 약인지 대강 알 수 있기 때문에 제약회사를 다니던 시절에는 이 약간의 배경지식을 얻기 위해서 퇴근 후에 강의를 들으러 다니기도 했다. 강의를 다 듣고 집에 가면 밤 11시였지만 아주 뿌듯하고 재미있는 경험이었다.

많은 사람들이 복용의 불편함이나 효과의 불신 때문에 한약제제를 꺼려하는 경향이 있는데, 내 경험상으로 한약제제도 좋은 점이 많다. 우황청심환은 별 망설임 없이 먹으면서 비슷한 공정과 이론을 가진 다른 한약제제는 꺼려하는 건 앞뒤가 안 맞는다는 생각이다.

여하튼 이런 직관적인 이름에도 약점이 존재한다. 어디에 쓰는지는 짐작 가능하지만 복용법이 특이할 경우 전혀 알 수 없다는 거다. 사실 구풍해독탕은 입 안에서 녹여서 목에서 머금다가 삼키는 것이 올바른 복용법이다. 하지만 기존에 나와 있던 캡슐 제형은 보통 그냥 물로 삼키게 된다. 의약품은 복용법에 맞게 먹어야 정해진 효과를 볼 수 있으니 물로만 삼키면 아무래도….

사실 이런 경우가 종종 있다. 위염이나 위통 등에 많이 사용하는 성분인 '알마게이트'의 경우도 그렇다. 이 약은 한 알이 500mg의 주성분을 포함하고 있는데 정확한 용법은 이렇다. '성인 및 12세 이상의 소아; 알마게이트로서 1회 1g을 1일 3회, 식후 30분~1시간에 씹어서 경구 복용한다.' 일단 한 번에 2알을 먹어야 하고 '씹어서' 복용해야 한다. 그런데 이 약을 복용법대로 먹는 사람은 많지 않을 것이다. 왜냐하면 다른 약들과 함께 처방되는 경우가 많기 때문이다. 알마게이트만 나온다고 해도, 과연 씹어 먹는 사람이 있을지는 모르겠다. 그리고 과연 쉽게 씹히기나 할지…. 그래서인지 모르겠지만 이번에 구풍해독탕이 연조엑스로 나온 것처럼 알마게이트는 짜서 먹는 액상 제제가 있다.

직관적인 이름은 우스운 상황을 연출하기도 한다. 선입견에 따른 결과인데 내가 속은 대표적인 약 이름으로 "에취투"가 있다. 에취투는 위·십이지궤양이나 역류성 식도

염에 쓰는 약으로 체내의 H2수용체를 차단함으로써 위산 분비를 억제한다. 그래서 이름을 알기 쉽게 "에취투"로 지은 것이다. 그런데 저걸 처음 봤을 때 나는 감기약인가 했다. 코 감기약인가? 기침 감기약인가? 하면서. 또 우울증에 사용하는 "센시발"이라는 약이 있다. 약사들 사이에선 많이 회자되는 약인데, 일단 이름 자체가 발음하기 과격해서 주목받고 주효능이 우울증이라서 요즘처럼 약 봉투에 이름과 주효능이 찍혀서 나오면 십중팔구 "우울증 약이 왜 들어 있어요? 난 우울증은커녕 매일 신나기만 한데"라는 말이 돌아온다. 이것은 주효능 이외의 용도로 사용하는 오프 라벨(off-label)로, 이를테면 비아그라가 발기부전뿐 아니라 고산병 등에 쓰이기도 하는 것과 같다. 그러니 의심스러울 때는 병원이나 약국에 일단 문의부터 하는 게 입씨름하기 전에 의문을 해소하는 구풍(口風)해독 되시겠다!

쌍 화 탕

쌍화탕雙和湯. 이 얼마나 많이 듣고 발음한 이름인가. 약국에는 다 있고, 심지어 편의점에도 있는 이것, 쌍화탕. 한국 사람이라면 다 알지 싶은 쌍화탕.

'쌍화탕' 하면 우리 책방 단골 중에 쌍화탕을 못 드시는 분이 생각난다. 친한 단골들끼리는 책방에 모여 있다가 그분이 오면 나에게 얼른 쌍화탕을 드리라며 부추기고, 내가 기습적으로 그분 손에 쥐어 주기도 한다. 우리는 그

분이 당황하며 고개를 절레절레 젓는 모습이 귀엽다고, 했던 장난을 또 한다. 그 특유의 한약 맛에 적응을 못 해서 그런 것 같은데 나중에 50대가 넘어서도 못 드실지 사뭇 궁금하다.

쌍화탕은 황기, 당귀, 숙지황 등을 넣어 달여 만드는 것으로 황기건중탕黃芪建中湯과 사물탕四物湯을 합친 의미다. (갑분 한약.) 이건 이 두 약제 각각의 목적대로 기氣와 혈血, 두 가지를 같이 보충한다는 의미인데 기혈쌍보의 대표적인 탕약이다. 이런 좋은 약인 쌍화탕의 이름에도 아는 사람은 알고 모르는 사람은 모르는 비밀이 하나 있다. 바로 끝에 '탕'자가 들어가냐 아니냐에 따라 의약품이냐 아니냐가 나뉜다는 사실이다. "○○쌍화탕"이라면 일반의약품이고, "××쌍화"라면 액상차일 가능성이 높다. 따라서 후자는 편의점에서도 판매를 한다. 이게 무슨 큰 의미가 있는지 궁금할 텐데 의약품은 국가에서 효능 및 효과를 인정받고 그 사실을 명시할 수 있는 반면 액상차는 그럴 수 없다. 한 글자로 이런 차이가 생기는 것이다.

그럼 쌍화탕은 감기약일까? 물론 감기에 걸려서 골골대고 온몸이 축축 처지고 힘이 하나도 없을 때 먹을 수는 있다. 병후 허약 등에 쓰는 약이니까. 그런데 사실 '감기약'으로 분류할 수는 없다. 감기의 주증상인 몸살, 콧물, 기침 등에 효과가 있다는 것이 아니라 그런 병중일 때나 병후에 기력(기혈) 보충을 위한 약이기 때문이다. 한마디로 보약이다. 우리가 익히 잘 알고 있는 이름인데도 의외로 정확한 의미를 모르는 것 중 하나다.

책방에서 근무하다가 피곤할 때면 푸른 약국 약사님께 부탁해서 가끔 뭘 얻어먹는다. 이때 박카스는 거의 안 먹고 쌍화탕을 자주 먹는다. 가끔 생강 쌍화도 먹는다. 비슷하게 단맛 내는 게 들어갔을 테지만 쌍화탕이 더 좋다. 그 의미를 알고 난 후에 더 좋아졌다고 고백해야겠다. '기혈 쌍보'라는 저 단어, 이름 자체가 매우 좋다. 한의학에서 말하는 사람을 지탱하는 기본 요소인 기와 혈을 모두 보해 준다니, 이런 완벽한 밸런스가 어디 있나!

사실 보약의 영역에서는 십전대보탕도 있고 공진단도 있고 경옥고도 있고 유명한 이름들이 많은데 내 기준에 완벽한 이름은 '쌍화탕'이다. 어딜 가나 쉽게 볼 수 있는 이름이라 친근해서? 다른 보약들에 비해 가격이 저렴해서? 아니다. 제품의 생산과 마케팅에 이르기까지 여러 가지 요소가 고려되었겠지만 쌍화탕의 위치가 '우유' 같아서다. 고른 영양 섭취를 위해 급식에서 나눠 주었던 온 국민의 영양제 우유. 축구 한 게임 하고 들어와서 마시던 시원한 우유. 물보다 더 좋아해서 500ml씩 마시던 우유. 좀 크고 나서는 사회적 포지션 때문에 (응?) 우유보다는 커피를 마시며 쌍화탕을 곁들이는데, 술을 안 먹는 나에겐 뭔가 어른의 우유 같은 기분이다.

어른의 음료, 쌍화탕을 마시며 내 이름을 생각한다. 나는 사람들이 내 이름을 듣고 '우와~ 특이하다'에서 끝나는 게 아니라 내 이름으로 수행하는 역할까지로 그 의미가 이어지면 좋겠다. 이름대로 훌륭히 독자와 서점의 중간쯤에서 이 둘을 조화롭게 이어 내면의 기와 혈을 보충하는, 그러니까 쌍화雙和 할 수 있는 존재가 되는 것이 지금 생각하는 미래인데… 언제까지 책방을 할 수 있을지 모르니 많이 도와주세요. 일단 훑어보고 계시다면 이 책을 들고 계산대로 가시면 됩니다. 감사합니다.

추석

추석. 팔월대보름, 가윗날, 한가위, 가배절 등의 여러 동의
어가 있는 날. 언젠가부터 휴일이 주말에 포함되면 보너
스로 하루 더 쉴 수 있게 되었으나 약국이나 일반 자영업
자들에게는 전혀 상관없는 이야기다. 이럴 때는 그냥 회
사 다닐 걸 그랬나 하는 생각도 한다. 둘 다 겪어 본 입장
으로서 회사원과 자영업자 중 뭐가 더 낫다 하는 결론을
지금도 내리지 못했다. 내 기준에서 둘 사이의 장단점은

명확히 나뉘지만.

설날과 추석은 대부분의 사람들에게 즐거운 연휴임이
분명하나 약국을 운영한 이후로 나는 '쉬어' 본 적이 없다.
그럼 나에게 추석이란 무엇인가? 그냥 일요일과 같은 날.
아마 나처럼 1년 365일 쉬지 않고 일하시는 분들도 많을
거라 생각한다. 그런데 저질 체력과 유리 마인드를 가진
내 기준에서 거의 10년 동안 추석을 연휴로 쉬지 못한 건
지칠 만한 일이다. 약국을 운영하면 내 가게니까 간섭 안
받고 좋을 줄만 알았는데 웬걸, 여기는 상상 밖의 일들이
무한대로 펼쳐지는 곳이었다.

약국에는 약사가 상주해야 하기 때문에 하루라도 자리
를 비우기 위해선 다른 약사를 고용해야 한다. 그래서 여
행이라도 가려면 경비가 2배로 든다. 아무것도 모르던 초
창기 시절엔 그런 식으로 몇 번 여행을 갔었는데, 월말에
현금 부족, 현(금)타(격)를 맞고 난 후 잘 안 가게 되었다.
결국 현실적인 이유다. 그리고 사실 우리 집은 명절에는
가족과 함께 보내는 가풍이 있어서 따로 어디를 갈 생각
을 하지 못하기도 했다. 내가 어릴 적 아버지는 가훈인 '효
행'孝行에 걸맞게 특별한 일이 없으면 한 달에 두 번은 할아
버지 집으로 가셨다. 물론 우리 가족 전체가! 할아버지 집

은 시골이어서 어린 나는 시골에 가는 게 재밌고 설렜는데, 어머니의 마음은 모르겠다. 좋으셨을지.

할아버지 댁 옆집이 소를 키웠는데, 소는 늘 담벼락 너머 우리 쪽으로 얼굴을 내밀고 있었다. 부엌에서는 아궁이에 나무나 신문지를 넣어서 불을 땠고, 그러면 방바닥에 서서히 온기가 올라오다가 나중엔 너무 뜨거워져서 시원한 마루로 도망 나가곤 했다. 마당에는 진짜 '마중물'을 써서 지하수를 끌어올리는 펌프가 있었고, 우리가 머무는 방에서 할아버지 방을 가려면 짧지만 마당을 가로질러야 하는 구조였다. 완전한 시골이라 논밭이 항시 펼쳐져 있어서 시야가 탁 트였고, 마을을 돌아다니다 보면 무서운 개가 한 번씩 꼭 튀어나와서 날 놀래켰다. 이런 생각을 하는 것만으로도 힐링이 되는 걸 보면 자연이 주는 힘은 위대하다.

지금은 할아버지, 할머니가 돌아가셔서 자주 갈 일이 없지만 학교를 다닐 때까지만 해도 성묘를 하러 내려갔었다. 요즘엔 갈 시간이 없다는 핑계만 대는 것 같아 추석이 되면 더욱 죄송한 마음이 든다. 그러고 보면, 추석이라는 명절은 결국 사람을 위해, 사람 때문에 만들어진 게 아닌가 싶다. 곡물의 수확이 중요하고 감사한 일이라고는 하나 사람과 사람이 만나지 못한다면 의미가 없다고 선조들은 생각했을 거다. 그래서 함께 모여서 송편을 빚고 평소에 못 먹던 음식을 나눠 먹으며 정을 쌓았으리라.

가끔 이중적인 마음이 든다. 예전 추석 풍경이 좋고 그립지만 그건 어디까지나 어린 시절 놀러 간다는 생각을 했을 때의 마음이 아닐까? 머리가 커지고 할 일이 많고 친척들을 만나도 별 재미가 없어 핸드폰만 하는데 모이는 게 좋다는 생각이 들까? 어릴 때는 얼른 어른이 되고 싶었는데 막상 어른이 되니 어릴 때가 좋았다. 어른이 되면 할 수 있는 것도 늘지만 '해야만 하는' 일과 '책임을 져야 하는' 것도 많아진다. 나 혼자만 생각하면 되었던 4살이 아니라 온 가족을 생각해야 하는 40살이 된 것이다.

사회생활이 힘들수록 동굴로 들어가고 싶고 어린 시절로 돌아가고 싶은 욕구가 강해지는 것 같다. 그래서 본격적인 40대가 되면 말동무가 필요한지도 모르겠다. 강해 보여야 하는 40대, 어떤 풍파에도 흔들리지 않는 것처럼 보여야 하는 40대. 하지만 속마음은 여전히 여리고 이리저리 흔들리기도 한다는 걸 하소연할 데나 있나. 50대도 그렇고 요즘엔 '청춘'이라고까지 이야기하는 60대도 마찬가지다. 20대라고 다를까. 다들 추석이 즐거웠던 때가 그리울 거다. 그러니까 이 글의 요지는, 안 그래도 해야 하는 것과 스트레스가 점점 많아지는데 좋은 추억이 많은 추석에는 잔소리라도 그만하자는 거다. 음식이 없으면 없는 대로 많으면 많은 대로, 취직을 했으면 한 대로 안 했으면 안 한 대로 서로 좋은 말을 하며 즐겁게 보내는 게 어떨까. 잔소리 때문에 명절에 집에 안 간다는 사람이 많다고 해서 하는 이야기다.

나에게 추석은 그리움이다. 마냥 웃을 수 있었던 시절에 대한 그리움. 이 글을 읽는 여러분에게 추석이란 무엇인가? (김영민 교수님, 존경합니다.)

아 버 지

그 리 고

어 머 니

어린 시절, 학교에서 존경하는 사람을 말하라거나 써 내라고 할 때 "부모님"이라고 답한 적이 종종 있다. 심리적 유행이었는지 나뿐 아니라 다른 친구들도 그러했다. 사실 그 질문의 의도는 '닮고 싶은 위인'을 알려 달라는 것이었으니 출제자는 이순신 장군이나 세종대왕, 아인슈타인, 뉴턴, 헨델 등의 답변을 예상했을 거다. 그런데 나와 몇몇 아이들은 거기에 각자의 부모님을 존경한다고 답했다. 내 부모가 이런 위인들과 동급이라고 생각해서? 아니다. 그들보다 더 대단하다고 생각해서다.

대부분의 부모님들은 항상 열심히 사신다. 자신에게는 뭐든지 아끼지만 자식에게는 후한 사람들. 예금 이자가 높은 시절을 보내며 저축만이 답이라 생각하고 본인들 먹을 것, 입을 것 아껴 가며 모았던 사람들. 그리하여 바닥에서부터 시작해 하나씩하나씩 이룬 사람들. 야근과 특근을 대가없이 밥 먹듯 하던 시절을 견딘 사람들. 폭언과 폭행이 잦고 지금보다 불합리한 상황이 난무한 시대를 산 사람들. 신파를 찍으려는 것은 아니나 객관적으로 봤을 때 지금 내 환경보다 훨씬 좋지 않았던 건 분명하다. 안타까운 건 여기서부터 세대 차이가 발생할 수도 있다는 것인데 그 시절과 지금이 너무나 달라졌기 때문이다. 가치관이 달라지니 어쩔 수 없이 갭이 생긴다. 이건 내 아이가 커서 20대가 되었을 때 나와의 세대차가 분명히 발생한다는 말이기도 하다.

중학생 시절, 농구대잔치 시즌에 부모님이 운영하는 신발 가게에 간 적이 있다. 아버지는 평생 회사를 다니시다가 IMF 시절에 신발 가게를 잠깐 하셨는데, 거기서 나는 평생 회사를 다니던 사람들이 가게를 운영하며 얼마나 고

생을 하는지 똑똑히 보았다. 늦은 나이에 처음 해 보는 일들이 얼마나 힘들었겠는가. 일단 가게에서 사용하는 언어 자체가 회사에서 쓰는 사실관계를 표현하는 언어와 달랐으며, 정가가 있는 제품임에도 흥정은 기본이고 덤을 요구하는 사람도 부지기수에 가게는 밤늦게까지 열어 놓고 있어야 했다. 모든 자영업이 힘들다는 걸 지금은 알지만 당시에는 이유도 모르고 마음이 아팠다. 가게 바로 앞 대형 슈퍼에서는 당시에 유행하던 김건모의 〈잘못된 만남〉이 하루 종일 흘러나왔는데, 고생하시는 부모님 생각에 그 노래조차 듣기 싫었다(그래서 신승훈을 더 좋아했다). 누가 말하지 않아도 내 할 일을 열심히 할 수밖에 없었던 건 부모님의 고생을 알아서였다.

자녀들은 다 안다. 내 아버지, 어머니가 어떤 일을 하고 어떻게 열심히 살고 있는지 분명히 인지한다. 알아 달라고 하지 않아도 보이기 때문이다. 물론 부모가 정말 열심히 살고 있다면 말이다. 자식들은 그런 부모의 열심을 어깨 너머로 배우고, 그런 배움들이 모여 삶의 태도를 이룬다. 그러니 어린아이가 존경하는 인물에 부모의 이름을 쓰는 것이 아닐까? 바꿔 말하면 이런 것이 바로 '아버지'와 '어머니'라는 이름의 무게다.

내가 아버지가 되어 보니 부모님의 마음과 그 이름의 무게를 더욱 느끼게 되었다. 아마 이 무게는 아이가 커 갈수록 더 커지게 되겠지. 그러다가 그 마음을 내려놓아야겠다고 생각하게 되는 때도 오겠지. 아이들이 자립할 때가 그때일 거라고 짐작하고 있다. 하지만 부모의 마음은, 자식이 40대, 50대가 되더라도 여전히 자녀가 어린아이 때와 같지 않겠나. 몸은 나이가 들지만 마음은 항상 30대, 40대일 거다. 얼마 전엔 엄마가 밥 먹다가 왼쪽 어깨를 빙빙 돌리는 내게 이렇게 말씀하셨다. "너 어깨 그렇게 안 쓰면 오십견 온다." 내 나이 어느덧 50에 가까워 오는데 엄마에겐 아직도 걱정을 유발하는 어린애인 것 같다(좋다는 말이다).

가끔 생각한다. 내가 50대, 60대가 되었을 때 지금의 내 부모님만큼 내 자식에게 살갑고 헌신적일 수 있을까. 솔직히 자신이 없다. '부모'라는 무게에 짓눌릴 것 같은 기분이다. 그래서 나는 나중에 그렇게 못 할 것 같으니, 우리 부모님께 미리 선수를 친다. 늘 뭔가 하고 계시는 부모님께 말씀드린다. 피곤하고 힘드실 텐데 그냥 쉬시라고. ("저도 나중에 그 나이에는 쉴 거예요"가 생략됨.) 그런데 당신들은 괜찮다고 하신다.

어디서는 나이를 먹고 하던 일이 없어지면 몸과 마음이 더 피폐해진다고 하고, 어디서는 나이 들면 살살 운동만 하고 편안히 쉬는 것이 좋다고 한다. 어느 쪽이든 '적당한 것'이 좋겠지만, 세상의 아들딸들은 이 둘 사이에서 항상 고민이 된다. 그리고 부모는 자식에게 도움은커녕 혹 부담이 되지는 않을까 고민을 하겠지. 그래서 뭐든 거절하시는 거겠지. 이 자리를 빌려서 말씀드리고 싶은데, 엄마, 아빠 다 같이 여행 좀 가요. 여행의 'ㅇ'자만 꺼내도 안 간다고 하지 마시고요. 가서 애 봐 달라고 안 할게요.

친구

이런 진부한 주제로 글을 써야 하나 싶은 마음이다(오글거린다). '친구', 위로의 대명사이기도 하고 추억의 대명사이기도 한 그 이름. 10년 전을 생각하면 웃음이 나고 20년 전을 생각하면 아련하고 그리운 그 이름. 너무 가까이 있어서 홀대하기 쉬운, 하지만 오래 못 보다 봐도 친근한 그 이름. 맞나?

　나는 친구가 많이 없다. 인간관계에 서툴고 깊은 관계

를 만드는 데는 더 서툴다. 성격에서 기인한 것이긴 한데 아주 어릴 때는 그렇지 않았던 것 같다. 친구들이 많았고 어울려서 자주 놀았다. 동네 친구들과는 저녁 밥 먹을 시간이 지날 때까지 놀아서 어머니로부터 "이제 그만 놀고 들어와서 밥 먹어" 혹은 "아빠 퇴근하셨다!" 등의 소리를 듣기 일쑤였다. 혼자 있는 걸 좋아하게 된 건 고등학교를 졸업한 이후다. 뒤늦게 들어간 약학 대학에서는 거의 대부분이 나보다 나이가 어려서 친구는 더욱 없었다. 물론 친한 동생들은 꽤 있었다.

사실 내가 조용히 혼자 있는 걸 좋아한다는 걸 주변인들은 모른다. 아마 지금도 모르는 사람이 많을 것이다. 이건 나를 오래 알아야 알 수 있는 거라 많은 이들이 나를 잘 웃고 농담 잘하고 사람들과 잘 융화되는 친화적인 인물로 생각한다. 그런데 어쩌나. 난 누군가와 함께 있을 때도 혼자 있는 나를 생각하고, 조금만 에너지를 쏟아도 쉬고 싶은, 아니 어떤 일에 최선을 다해 빨리 에너지를 쏟고 쉬고 싶어 하는 인물이다.

베스트셀러였던 일자 샌드Ilse Sand의 책 『센서티브』에 보면 이런 유형의 사람에 대한 설명과 예가 많이 나온다. 책 내용에 의하면, 이런 사람은 소위 '예민하고 까칠한' 사람이라기보다 자극에 예민하고 많은 정보에 노출되면 쉽게 피로해지는 사람이다. 성향에 따라 호불호가 갈리는 책이라 사람에 따라 얻는 게 없다고 느낄 수도 있는데 센서티브한 나로서는 참 적절한 조언을 얻었다고 생각했다. 본인이 센서티브해서 많은 문제를 안고 살아간다고 느낀다면 전홍진 정신건강의학과 교수가 쓴 『매우 예민한 사람들을 위한 책』도 읽을 만하다. 이 책은 상담 사례를 통해서 예민한 사람들이 문제를 해결해 나가는 과정을 보며 자신감을 얻고 나를 더 이해하는 계기를 만들어 준다.

주변에 친구가 많이 없다는 말은 성격이 좋지 않다(더럽다)는 말과 동의어가 아니다. '많은 인간관계를 유지하고 관리할 에너지가 없다는 말이다'라고 스스로를 위로해 본다. 요즘은 혼자 즐길 수 있는 콘텐츠가 워낙 다양해져서 '자발적 혼자'를 즐기는 이들이 예전보다 훨씬 많아진 것 같다. 식당에도 1인 좌석이 있고, 극장도 여행도 혼자 가는 걸 뭐라 하는 분위기가 아니다. 주거 불안정, 일자리 불안정 등 여러 복합적인 요인이 있겠지만 이젠 혼자여도 불편한 게 없는 세상이 되었다는 의미이기도 하지 않을까. 이런 시대적 변화가 세대 간 차이를 만들 것이고, 한 세대 안에서도 다른 의견들을 만들어 낼 것이다. (예를 들면 샤브

샤브는 혼자 먹어야 맛있다 vs 여럿이 먹어야 맛있다.)

고등학생 때 룸메이트이자 가장 친했던 친구가 있다(고등학교 수학여행에서 나에게 등 떠밀려 같이 춤춘 그 친구다). 둘다 부산 출신이지만 지금은 둘 다 서울에 살고 있고, 그 친구 집과 우리 집의 물리적인 거리가 그리 멀지 않다. 마음만 먹으면 20분 안에 갈 수 있는 거리임에도 잘 만나지 않는다. 연락도 거의 안 한다. 그럼에도 아주 가끔 친구가 퇴근 후 약국에 들를 때면 별로 어색하지가 않다. 다만 그 친구가 초등학생의 아빠라는 사실이 매우 어색하다. (친구의 옛 별명이 '어색한'이었는데…)

2020년 5월 경 출간한 『이제 막 독립한 이야기』의 소설편에 닉네임(필명) "유혼"으로 미천한 내 글을 실었었다. 그런데 목차를 쓱 훑던 친구가 유혼을 꼽으며 "이거 너냐?" 하는 게 아닌가. 소름이 돋았다. 그렇다. 친구는 소름돋는 존재다. 멀리 떨어져 있고 연락을 자주 안 해도 여전히 소름이 돋는, 서로를 너무 잘 아는 그런 사이. 그게 친구인 것 같다. 그래서 코로나 같은 전염병 때문에 학교에 가지 못하고 새로운 친구를 사귀지 못하는 지금의 아이들이 너무 안쓰럽다. 친구가 많을 필요는 없지만 친한 친구한 명 정도는 인생에 꼭 필요한데.

친구. 세월이 아무리 흘러도 변하지 않는 소름 돋는 이름이다. 아 어색해….

자 연

'자연스럽다'는 말을 좋아한다. 내 기준에 부자연스럽고 어색한 상황이나 말을 싫어한다는 뜻이다. 더불어 내가 우스운 상황에 처하거나 민망한 지경에 이르는 걸 싫어하여 항상 경계한다. 내게 도움이 되지 않거나 나를 비난하는 말은 들려도 흘려듣는데, 아예 신경을 안 쓰는 건 아니다. 하지만 이렇게 저렇게 얽힐 에너지가 부족하여 그냥 그대로 있는 걸 선호한다. (싫어하는 건 왜 그리 많은지.)

오랜만에 아이 픽업 시간까지 시간이 조금 남아서 아파트 분수대 앞 벤치에 앉아서 망중한을 즐기다가 무려! 글을 쓰고 있다. 이 시대 인공조형물의 끝판왕인 아파트에 분수대라니 뭔가 '퓨전스럽다'. 아파트만 떡 하니 있으면 어색해서거나 도시에서 자연을 조금이라도 느끼고픈 마음에서 만들었을 것이다.

이 분수대 벤치에 앉아 있으면 소나무와 이름 모를 나무들이 분수 뒤로 보이고, 조금만 고개를 들면 아파트 두 동 사이의 하늘까지 볼 수 있다. 하늘과 나무와 물을 동시에 볼 수 있는 명당이다. 그리고 소나무 중 심하게 굽어 있는 아이가 있는데 등그렇게 굽은 부위에 커다란 개미 조형물이 올라가 있다. 이 벤치 주변에는 진짜 개미들도 많이 보이는데 저 조형물이 대장처럼 개미들을 불러 모으는 것 같다. (실상은 여기서 과자를 많이 먹어서 개미들의 휴게소가 된 것.)

다들 그런 장소 하나쯤은 있을 것 같은데, 나는 여기 앉아 있으면 자연스레 자연을 탐하게 되고 아무 생각 없이 멍하니 있게 된다. 시간이 온전히 내 것 같은 기분이 든다. 시간에 떠밀리지 않고 시간 속에 들어와 있는 느낌이랄까. 이런 느낌이 자연스럽다고 생각한다. 그런데 십중팔구 5분이 채 안 되어 해야 할 일이 생각나거나 할 일도 없는데 뭔가를 해야 한다는 강박증이 이 기분을 몰아낸다.

분수대에서 나는 물소리는 다른 소리를 일체 차단한다. 눈을 감고 있으면 마치 계곡에 있는 것처럼 경쾌하고 웅장한 소리에 마음이 시원해진다. 앗, 순간 분수대가 꺼졌다. 관리비 절약을 위한 휴식시간인 것 같다. 하지만 물소리가 들리지 않아도 눈앞의 풍경은 매우 자연스럽다. 아마 멀리서 보면 그 풍경 속에서 멍 때리고 있는 나도 자연스러워 보일 것이다. 그런데 '스럽지' 않고 그냥 자연이 될 수는 없을까? 언제부터 인간은 자연에서 배제되었는지 궁금하다. 인간까지 갈 것 없이 나는, 왜, 언제부터 자연이라는 이름에 걸맞지 않게 된 걸까. 옷을 입어서일까, 휴대폰을 써서인가. 그럼 태어난 그 순간은 자연이라고 할 수 있나. 포대기를 만나는 순간부터는 아닌가. 쓸데없는 생각이 5분마다 든다. 이건 자연스러운 건가, 부자연스러운 건가.

로베르트 발저Robert Walser는 내가 좋아하는 독일 작가다. 그를 좋아하는 이유는 고독함이 자연스러워서다. 사적으로는 친하지 않아 연락한 적은 없고, 따라서 실제로는 어떤지 알 수 없지만 그의 글에는 '나는 자연스레 고독해'라는 당당함이 느껴진다. 너무 당당해서 안쓰러울 정도다. 그의 산문집 『산책자』에서는 고독한 그만의 시선과, 길지만 놀랍게도 겹치는 단어 없고 질리지 않는 문장을 만날 수 있다. 긴 문장을 쓰고 싶다면 그의 글이 도움이 될 것이다. 발저의 글이 마음에 드는 분이라면 '진정한 이 시대의 아웃사이더!'라기보다는 '자발적 고독'을 즐길 줄 아는 사람일 거라 믿는다. 고독을 즐길 줄 알아야 고독하지 않을 때의 재미를 온전히 받아들일 수 있을 것이다.

쓸데없는 생각 중에 하나로, 나는 가끔 시간이 아깝다. 어쩔 수 없이 어색한 말을 건네야 하는 시간, 자연스러워 보이기 위해 노력하는 시간, 자연스레 옅어진 머리칼을 어둡게 물들이는 시간, 서서히 진행된 노화임에도 젊어지고 싶어 투자하는 시간 등. 그걸 하는 동안에는 모르다가 하고 나서 가끔 '이래서 뭐 하나' 싶고, 그 시간이 아깝게 느껴진다. (전투력 2천 만은 올릴 시간인데…) 시간은 자연히 흘러가고 그에 맞는 상황이 오는 것인데도 나는 어쩔 수 없이 부자연스럽다. 그래서 나에겐 생각 없이 자연과 함께 있는 시간으로 자연과 자연스레 하이파이브 하는 게 소중하다. (사주에 나무가 많이 없어서 그런지 나무가 있는 곳이 좋다.) 그 자체가 일상의 여유가 됨은 말 안 해도 알 거다.

이럴 게 아니라 애를 쓰는 시간들을 좀 아껴서 자연과 마주해 보는 건 어떨까? 멍 때리는 시간을 가져 보는 것도 좋고, 교외에 사는 친구 집에 방문하는 것도 좋고, 농장 체험도 좋고…. 아파트 인공 분수에도 자연을 느끼는데 뭔들 어떠랴! (근데 일단 휴대폰이 없어져야 해….)

이 미 지

'이미지 메이킹'은 새로운 방식의 화장 기술이다. 누구나 이미지 메이킹을 하며 산다. 우리는 사회적 동물이고 더불어 사는 세상이니 굳이 타인에게 나쁜 면모를 보여 줄 필요는 없기 때문이다. 특히 만들어진 이미지가 매우 중요한 사람들이 있는데 바로 불특정 다수 앞에 서는 이들이다. 연예인, 정치인, 일반인이라도 TV에 나와서 유명세를 탄 사람 등. 보이는 이미지를 완전히 믿고 그들의 팬이 된 사람들은 이들의 본래 성격과 행동도 그들이 가진 이미지와 동일선상에 놓는다. 그 '이미지' 뒤에 다른 점이 있을 수도 있다는 것을 인지하면서도, 실제와 이미지가 동일하기를 바란다. 그것이 팬의 숙명이다.

최근에 정치인과 연예인들의 '이미지 화장'이 벗겨지는 일이 자주 발생했는데 꽤 충격적이었다. 도무지 믿을 만한 사람이 없는 것 같아 믿음직해 보이는 사람을 골라서 믿게 된 건데, 그 사람도 이미지 뒤에 숨어 있었다는 걸 알게 되면 허탈감에 빠져 아예 사람을 믿지 못하게 되는 부작용을 겪기도 한다. 이 일련의 사건들 후에 남는 건 안타깝게도 불신이다.

내가 아는 사람 이야기를 해 볼까. 그는 사람을 유달리 많이 만날 수밖에 없는 일을 한다. 그는 그 일을 시작하며 원래 가진 친근함과 유대감을 2만 퍼센트 끌어올려서 사람들을 대했다. 그렇게 몇 년이 지나자 여러 타입의 사람들에게 서서히 지치기 시작했고, 에너지를 미리 끌어다 쓰느라 고갈 상태에 빠지고 말았다. 사람과의 대화는 한 문장 이내로 끝내고 싶었고, 말 자체가 하기 싫어졌으며, 누군가를 미워하기도 했다. 그는 그제야 깨달았다. 친근함으로 먼저 다가가 이야기를 건네고 다정하게 사람들을 대하는 건 원래 자신에게 있는 모습이 아닌 만들어진 이미지였다는 것을. '잘 보이려고, 잘해 보려고 만든 명함 같은 것이었구나.'

당신은 지금 어떤가? '내가' 잘 살기 위해선 '나'의 성향과 '내가' 가진 에너지의 양을 대략적으로라도 알고 있어야 한다. 따라서 스스로에게 자주 물어 보고 스스로와 대화해야 한다. 난 왜 지치는가, 난 왜 힘든가, 난 왜 저 사람이 싫고, 이 세상이 싫은가.

'페르소나'persona는 월드 스타 방탄소년단의 앨범을 통해 10대들에게도 많이 알려진 단어로, 단순하게는 '가면'을 뜻한다. 나를 숨기는 가면, 또 다른 인격, 외부에 보이는 이미지 등 여러 가지로 쓰이는 단어다. 이걸 융Carl Gustav Jung의 심리학으로 넘어가서 심도 있게 다루지 않더라도 우리는 알게 모르게 여러 페르소나를 가지고 있고, 또 보여 주며 산다는 것을 안다. 사회에서 우리의 역할은 너무도 다양하기 때문이다. 엄마와 아빠로, 직장 상사와 동료로, 친구로, 연인으로, 옆집 아줌마, 아저씨로. 각 역할 마다 가지고 있는 모습이 다른 건 어쩌면 당연하다. 어떤 역할을 할 때는 활기차도, 어떤 역할에서는 누워만 있고 싶을 만큼 의욕이 없다. 그런데 사람들은 그런 소극적이고 무기력한 모습을 보며 "원래 저런 사람이 아닌데"라고 말한다. 그러면 또 그 말에 자기반성을 시작하고 다시 활력을 찾기 위해 노력하고. 그 과정을 반복하다 보면 결국 지치는 것이다.

너무 염세적인가? 하지만 이것이 내가 보아 온 지치는 사람들이 걸어가는 전형적인 길이었다. 그리고 위에서 이야기했던 그 아는 사람도 이 과정을 겪으며 지쳐 갔다. 이들의 공통점은 스스로를 잘 몰랐다는 거다. 여하튼 과도하게 잘 하려, 잘 보이려 하는 이미지 메이킹은 언젠가 경고장을 받기에 딱 좋다. '너 그러다 몸과 마음이 동시에 상한다'는 경고장. 만약 당신이 이 경고장을 받을 경우, 꼭 수용하기 바란다. 그렇지 않으면 최종적으로 세상 모든 사람이 싫어지고 세상이 싫어질 수도 있다. (어흥! 무섭죠?)

'나'는 소중히 다루어야 한다. 드러나는 이미지를 위해 막 다그쳐서는 안 된다. 팔다리를 가진 몸뿐만 아니라 여러 사람과 공유하는 마음도 '나'임을 늘 기억하자. 사람의 몸은 참 신비해서 균형이 깨지면 작은 부분에서부터 티가 난다. 언젠가부터 목이 아프다면 목이 아니라 허리가 문제일 수도 있다는 놀라운 이야기를 익히 들어 알고 있지 않은가. 그리고 몸이 좋지 않으면 당연히 마음에도 여유가 사라지게 된다. 그러다 보면 주변 사람에게도 미세하게 영향을 줄 수 있다. 내 부모도 아니고 그들이 내 지치고 힘든 모습을 언제나 받아 주길 바랄 순 없다. 그들은 이미 잘 받아 주는 친구의 역할을 하고 있을지도 모른다. 그러니 내가 나를 소중히 다루듯 그들이 지치지 않도록 배려해 주자. 그런데 여기서 중요한 건, 나의 솔직한 모습을 가장 먼저 보여야 하는 대상도 그들이라는 점이다. 그래서 이미지 필터를 끼지 않고도 만날 수 있는 사람이 곁에 있는 건 매우 중요하다. 숨 틔울 공간이라고나 할까? 첫 번째는 나를 소중히, 그다음은 내 가까운 사람을 소중히.

참, 위에서 이야기한 아는 사람도 그래서 새로운 일을 시작했다고 한다. 좋아서 하는 일이라는데 책방을 한다나 뭐라나…, 그래서 좋은 사람들을 많이 만났다나 뭐라나…. 당신도 부디 스스로를 잘 살피고 파악해서 지치지 않기를 바란다. 그리고 좋아하는 일은 꼭 찾기를. 건투를 빈다!

이름들

초판 1쇄 인쇄 2021년 4월 9일
초판 1쇄 발행 2021년 4월 16일

글 박홀륭
펴낸이 홍지애
펴낸곳 꿈꾸는인생
주소 서울 마포구 월드컵북로 400 2층
전화 070-4046-2371
팩스 02-6008-4874
이메일 lifewithdream@naver.com

ⓒ 꿈꾸는인생, 2021

979-11-91018-07-3 (04810)
979-11-91018-04-2 (세트)